我的平壤故事

杜白羽 著

华夏出版社
HUAXIA PUBLISHING HOUSE

我在朝鲜挺有名（代序）

午后2点的秋阳射进大巴车里，暖暖的。

开城。车绕行南大门一圈后，我见到了传说中最美的银杏古道。满目银杏秋黄，金灿灿的银杏叶泛着饱满的太阳光，在天气晴好的投影下变幻着光影斑斓的色彩之韵。这不是随意的一条小径，是曾经沧桑如今却恬静安然的古道民居。五百多年的开城古道，修得仿佛重建的旅游区观览房似的新鲜。灰色屋顶、白红相间的墙裙，宽阔的马路上，行人步履悠然。

徜徉在无人打扰的古都开城，将时光以脚步丈量，世界那么安详、宁静。高跟鞋噔噔噔踏在石板地上，走出异域仙境的一段旋律。小桥流水，红绿斑驳的爬墙虎，匍匐恣蔓在仿古怀旧的暖阳中……几个年轻小伙从身后走过，抛给我一个熟人似的微笑。他们推开一扇没有绿绳上锁的大门，回头和我打招呼："你是新华社记者吧？"

一切来得恍惚又熟悉，我不认识他们，可是他们却认得我——如今在朝鲜，无论走在哪里，我经常被素未谋面的朝鲜人一眼认出，议论声啧啧："看，那个新华社记者诶！"

前往开城板门店参观，高帅帅的兵哥哥从地形图讲解室出来，朝我开心地微笑。他说："我好像见过你，好眼熟啊。"世上男人套近乎的话，概莫能外。

"这是我第一次来板门店，怎么会眼熟呢？"

"哦，你是新华社的那个记者，在电视上见过您的。你好，你好。"他握住我的手说。

另一位朝鲜人民军大尉，只一眼就认出了我："在电视上见过您的，杜记者同志。没想到能见到您本人，真是荣幸。"

这样的知名度，源自几场朝方组织的记者会——在会上，我曾提问和发言，朝鲜同行给了我不少镜头。从那时起，我就轻易地"被识别"

了，中国新华社年轻女记者俨然成了公众人物一枚。我常去的餐厅服务员纷纷过来和我打招呼说："记者老师，又在电视上看到您了。我们还和其他顾客说，这位中国记者常来我们餐厅呢。"而当我再去附近一家裁缝店修改衣服时，修鞋大叔和裁缝大妈几乎同时满脸笑容地认出我来："原来您是位记者啊。年轻有为啊！"裁缝大妈对我的态度顿时从普通升级到了VIP，我也享受了一把"名人"的感觉……

大概由于驻朝外国记者少，而重要的政治新闻，朝鲜中央电视台往往连续播放一周之久。朝鲜人对于我这种混个脸熟的广告记忆之清晰，也体现了朝鲜人对时政的关注度之高。加上朝鲜中央电视台经常会口播一些"来自新华社（对朝鲜）的报道"，因而"新华通讯社"在朝鲜百姓中影响很大。

新华社平壤分社与中国香港、伦敦、布拉格等分社同属第一批最早建站的新华社海外分社，具有悠久而光荣的历史。首任记者、女外交官丁雪松曾回忆说："中宣部于1949年9月16日致电中共中央东北局：派丁雪松同志为新华社驻朝鲜特派员，刘桂梁为记者，前往朝鲜工作。"丁雪松听从国家安排，在西平壤觅到一幢木结构的二层小楼，9月21日即挂出新华社平壤分社的牌子，开始正式办公。9月28日，以平壤电头发出第一条消息《朝鲜人民欢迎中国人民政治协商会议召开》。

当年的记者前辈，冒着枪林弹雨随志愿军在前线，从战地发回报道，真实鲜活地反映、记录了朝鲜战争；往返于半岛南北，将毕生精力献给朝鲜半岛新闻工作的前辈，树立了新华社在朝鲜官方与民间的口碑与心碑。

参观板门店后，大尉将我们一行带到板门阁一层的贵宾室，坚持让我写一段感想文留作纪念，看看我们的记者同志在三八线上会留下怎样的一笔。我用中文和朝文写道——

　　愿半岛北南早日实现民族统一夙愿，愿中朝友谊源远流长。

大尉竖起拇指连连点头称赞感谢，又问我平时是怎么报道朝鲜新闻的。我说："我们会客观公正地把朝鲜取得的进步展现出来。"他说："对，请让事实说话。我们不是要您去溢美，但像西方媒体对我们专挑负面的报道，也是不客观、不尊重事实的。"

这种对于客观报道的渴望，我在朝中社同仁那里多次感受到——"我们希望外界对朝鲜有一个客观公正的报道，不要歪曲也不必美化，只要真实，讲事实就好。"

提起朝鲜，人们也许首先会想到穷、核试验、金家政权、神秘莫测等等。惭愧，读了四年朝鲜语专业、从事新闻工作的我，对朝鲜的真面目同样知之甚少。这与西方人拿对立的意识形态将朝鲜"妖魔化"引人误读密不可分。

读了不少东北亚安全大战略、朝鲜半岛历史的学术书，我希望做一个真实记录当下朝鲜的优秀记者。悸动的想法翻滚跳跃，转瞬即逝，我决定把我在平壤的观察、心境和故事，固化为文字……

再 记

本书初版受到了广大读者欢迎和喜爱，此次再版，在大体保留了原书文字的基础上，加入了我一些近期的文字，尤其是增加了许多珍贵的图片，多数是我拍的，也有同事和朝中社拍的，图文互动，更鲜活可感。朝鲜不是非黑即白，朝鲜也可以多彩。

2016 年 9 月 24 日

上部——平壤的市井声息

一	春访朝鲜	3
二	舌尖上的平壤	8
三	市井民生四个"木有"	13
四	亲历朝鲜时尚转型	18
五	地铁里的一面之缘	25
六	友谊酒吧的姐妹	29
七	谈一场朝鲜式纯情恋爱	34
八	夜平壤	39
九	走进牡丹峰名媛的摇篮	42
十	友谊塔下的约定	48
十一	放生大同江	53
十二	在平壤学骑俄罗斯大马	60
十三	古道秋黄,玉流夜雨	65
十四	外国人在朝鲜	69
十五	朝鲜的3G网络	75
十六	朝鲜电影城的穿越之旅	79

下部——朝鲜深度游

一	"向着最后的胜利前进"	87
二	金正日逝世周年祭	96
三	"第一夫人"雪主气质	99
四	"世无所羡"的先军少年	105
五	趁变化前,去朝鲜旅游吧	113
六	朝鲜人如何看世界	120
七	从朝鲜医疗和住房说起	124
八	"要想援助,给我故事"	129
九	巴西与朝鲜,足球及其他	133
十	乘火车从平壤到罗先	137
十一	仁川,来自朝鲜的"星"	145
十二	朝鲜从无"二号人物"	153
十三	阿里郎,朝鲜民族的同一首歌	157
十四	跨越"三八线"	163
十五	最可爱的人再聚首	171
十六	朝鲜人真的忘了"抗美援朝"吗?	176

后记:公开课,给美国人讲朝鲜 184

上部——平壤的市井声息

一、春访朝鲜

2012年春,飞机缓缓降落在平壤顺安国际机场。在朝鲜敞开"强盛大国"之门的时候,我走进了这个神秘的国度。

我的常驻之旅始于乍暖还寒的植树节。朝鲜迎来了新领导人接班百日,等待我的则是做好记录一个新时代的来临。

相识十八年的发小儿,专程来京为我送别。这堪比"风萧萧兮易水寒"的壮烈,被俩小姑娘演绎得温情达观。虽天各一方,朝美会谈之日,就是我们沟通感情之时。"来日纵使千千阙歌,飘于远方我路上……"临别不以眼泪注释悲怆。

告别家乡、京师的亲友,道一声珍重。临行前和闺蜜高唱着《飞得更高》,莫名的潇洒席卷全身,多紧的拥抱,怕都会在鸭绿江彼岸变得遥不可及;我也深知,和我心牵一线的,不是别的,正是彼岸那一双双好奇的眼睛与期待揭谜的先睹为快。我要飞得很高,飞往这命中注定必须拿出青春年华用心体验的独特疆域。

乘机场快轨驶进航站楼,有种渐渐挥别祖国进入邻邦的出离感觉。耀眼的午后阳光,灿烂得令人心醉。心中泛起嘀咕,刚才托运行李时就我一人,是否预示着今天会有"包机"待遇?

没想到,进航站楼的巴士上,竟人满为患。车上汇聚了各色人等,外国人占半数以上。戴宽沿帽、西装笔挺的欧美绅士;装束艳丽的金发淑女;白发苍苍学者模样的亚洲人;身着统一运动装的一伙年轻工人;当然还有我,一个无人为伴、可单独算作一类的女孩,引来帅哥、大爷们的视线——"你怎么要去朝鲜"的问号挂满了巴士,弥漫在刻意按捺却也兴奋异常的空气中。

坐在我身边的蓝眼睛美女,举手投足之间显现出习以为常的淡定。攀谈中得知她叫爱娃,是捷克的外交官夫人,随丈夫生活在朝鲜已近三年:"我的大儿子在俄罗斯使馆学校读书。我们不时来往于北京和平壤。"

一番交流之后,我们开始登机,寻找各自的座位。不得不惊讶,这是我乘坐过的欧美人最多的一次航班,而爱娃和熟人间的相互问候,证实了我之前关于这些外国人多是外交官的猜想。前排三个不同国家的男人侃侃而谈,他们互换名片,互助填写"出入境证明"。斜对面大老远处,勾着头、欠着身的中外老太太、老爷爷亦是一刻不停,聊得出神入化……每个人都想知道别人的"朝鲜故事",朝机舱一眼望去,没有一人犯困或无聊。

飞机升空,向东飘去,就像一朵祥云。

一个半小时后,飞机开始降落。山脉连绵,雪痕依稀,黑山白水,一片结冰的湖泊白光粼粼。近了,又近了,褐色的土地、田野就在眼底,城市、楼房的模样愈发清晰……飞机顺利着陆,平安地降落在朝鲜顺安国际机场。飞机缓慢滑翔,掠过稻田,远远看到田野沟壑里似乎在建设中的房子和大幅标语,耸立在晚霞中的白色圆顶天文台,一排错落有致的白房子整齐静立。而就在五十米开外处,头也不回专心吃草的绵羊,提醒我飞机即将停下。

机场停有几架高丽航空的飞机,机尾上标有朝鲜国旗的图案,机身上写着"AIR KORYO"。下了摆渡车,等待出境。

2012年的平壤机场候机大厅　　2015年落成的平壤机场新航站楼

2015年7月2日,新建成的平壤第二(国际)航站楼投入运营。2016年1月,第一(国内)航站楼建成使用。第一航站楼与第二航站楼相互连通,内部设有旅行者商店、信息技术产品商店、回转寿司餐厅和能够鸟瞰机场的顶层圆形餐厅等设施。在信息技术产品商店里,除了售卖朝鲜品牌"阿里郎"手机,以及手机壳、充电宝等各种手机周边产品,还提供为手机安装应用程序的服务。

同事陆睿、朱龙川拍摄的照片,与我当初抵达和直至两年半后离任时看到的平壤机场发生的变化,一如这个国家在许多领域内的悄然变貌。

上部——平壤的市井声息

前面的队伍迅速变短，出关之神速超乎想象，转眼就轮到我了。检查手续的朝鲜帅哥浓眉大眼，对我微微含笑，那是一种友好但严肃、亲切却威严、有点儿老电影里战士们带着革命情谊的笑。

工作人员看了我的护照，用中文问："新华通讯社，记者？"音量近乎自语。我回答了他。他侧脸问我："有人来接吗？"我这才顺着他眼神的方向朝出口看去，首席记者正在朝我点头，原来，分社的同事们已等候在一步之遥的安检口处。首席记者一边压低声音说："是的，是我们新来的常驻记者。"一边和我打招呼。瞬间，我那免签证的护照被退回到手中。朝鲜帅哥又冲我一个浅笑，程序简单如火车站出站验票，再没有层层检查。

金正恩视察新航站楼

新航站楼内一角

我顺利地和同事会合后，就一起出了机场。从机场到市区的路上，我第一次见到了平壤——街边鹅黄、暖绿、灰白、浅粉色新旧交错的住宅楼，一眼望去就像中国北方的城市；街道整齐而安静，行人步履匆匆，神情笃定，或推着自行车上坡，或背着鼓鼓的双肩包下行……

朝鲜多是山地，这与韩国的地形很相似，上坡下山考验着人们的体力，也培养了他们登山的爱好。车窗外，放学回家的小学生，欢乐

— 5 —

玩闹着过马路；接送幼儿园孩子们的校车，是我一路看到的最新款的大巴；身着黄绿色军棉衣，挖土栽树的军人们，三五成群正在埋头苦干。对啊，今天是植树节。"请把我埋在，在这春天里……请把我留在，在这时光里……"手机里反复播放着《春天里》，让我找到了一种通感，就让我也在心底种一棵苗，春天播种，不断耕耘，开花……

平壤城区街道宽阔，比起北京的走走停停，我一下子就喜欢上了这里车行无阻的流畅。每个红绿灯路口中央，都精神抖擞地站着一位女交警（当然也不时看到交警大叔），她们身穿鲜亮的湖蓝色制服，配上狐狸毛的衣领、袖口，警帽，黑靴，远远望去，煞是惊艳。女交警指挥动作的劲道与英姿，举手投足间彰显出专业军事化训练的巾帼范儿，车近了，转个弯，识得女杰的真面容——妆容精致明艳，眼神刚强地投向前方。她眼角余光迅速瞥过来，我刚举起手机的手瞬间缩了回去——"不可拍照"的含义被不动声色地准确传递出来。女交警的美，美得令人敬畏。

我每到一个城市，总是迫不及待地要去一览她的容颜，记得大学时初到韩国，独自一人游走在延世大学附近的"新村站"街口，品尝路边小摊"包装马车"（韩语）里，"阿朱妈"做的炒年糕……那辣得我差点流泪的味道，好像至今流连在唇齿之间。时隔三年，我以记者身份来到朝鲜——一个纵使在朝韩圈子里也多是"有耳闻，难得一见"的神秘之国，则又是另一番心情。我将在此常驻，在此雕琢时光……

算是为我接风吧，分社同事带我来到位于使馆附近牡丹峰上的牡丹峰餐厅。餐厅装潢颇为西式，白色桌椅，刀叉餐巾干净整洁，屏风隔离出独立的空间。打开厚厚的菜单，缤纷的朝式、

平壤女交警

平壤女交警

集贸市场买打底吊带的朝鲜妇女

日料、中西餐佳肴图样，让我陷入"选择恐惧"，生怕点的餐非特色不美味。熟悉情况的同事推荐了红烧牛尾、泡菜、炸多春鱼和炸酱面，还有我第一次听说的松子粥。

松子粥是朝鲜的家常主食，把松子磨成粉，与白米粥一起熬，独特的松子香正合我的口味。我知道，在韩国，熬粥通常是给病人的"特殊待遇"，因而很少能在饭店点到粥。半年前在吉林延边州采访，也没听说过这种做法，倒是牛尾和多春鱼，味道颇似珲春市的料理口味，多子无刺的多春鱼，只一口，像《追忆逝水年华》里的玛德兰点心，味觉穿越，将我带回延边采访的场景。

年轻貌美的女服务员身着黑色裙装，千鸟格背心，头发盘起挽成发髻，职业而素雅。她们受过专业训练，倒茶点餐，均使用的是朝语最高敬语，也就是陈述"思密达"和疑问"思密嘎"体，声音轻软，虽不娇嗲，却也婉转，歌唱般动听。

我注意到，和国内通常以一位服务员为主服务一桌不同，每一道菜，都由不同的朝鲜美女端上，其中一位长得和韩国明星金泰熙十分相像。这位气质出众的服务员，只是用浅浅微笑，和我们的交流，仅限于嘴角内收、微微上扬。她的眼睛明亮清澈，皮肤白皙，脸盘精致而饱满，最符合朝鲜人的审美——圆脸，且越白越好。她们化了妆，只是眼影、眼线的笔法，颇值得切磋。同事介绍说，朝鲜的服务员都是从专业外事培训的商校毕业，歌舞乐器，至少一样精通。

低头看她们穿丝袜的鞋子，黑皮粗高跟，难以handle的高度！她们个个脚蹬厚底松糕，有的甚至是目测高度约十二公分的超厚高跟。出门之前，我指着她们的高跟鞋，夸赞漂亮，问哪里可以买到。她们相视而笑，回答道："市场就有卖的。"我问是什么市场。"随意哪家市场，到处都有卖的呢。"朝鲜姑娘灿烂地咯咯笑答，露出洁白牙齿。

我也要买双朝鲜超高跟诶！

二、舌尖上的平壤

平壤新地标——一年半之内建成的仓田街，成为朝鲜人民创造强盛国家与美好生活的典范。蓝白相间的高层住宅楼群，被外界称作"平壤CBD"，夜晚灯光璀璨，霓虹灯炫目却不刺眼，繁荣却远离奢华。驻朝使节、前来观光旅游的欧洲游客同样为朝鲜之变而赞叹，这里竟然是……平壤？

平壤大同江畔，被外国人称为"小迪拜"、"平壤曼哈顿"的仓田街夜景

仓田街两侧错落有致的民用、商业建筑多用蓝色、茶色玻璃，富有设计感和现代气息。日出餐厅一层设有超市，各国进口的商品琳琅满目，从新鲜水果、巧克力、饮料、零食，到现做的北京烤鸭、紫菜包饭，生活用品应有尽有。二层左侧是日出餐厅，右侧则是蛋糕店和咖啡厅，各式西点蛋糕品种丰富，有布朗尼蛋糕、裱花生日蛋糕以及牛角面包、泡芙等。两位穿着时尚的朝鲜姑娘自选好面包后正在结算、打包。

仓田街上，儿童百货商店、洗衣房、音像店、药店及各类特色餐厅应有尽有，生活方便，然而仓田街并不算是真正意义上的朝鲜CBD(中

央商务区），这里没有广告，没有金融机构、商务酒店，在高层居民楼下的繁华地段，设有中小学、幼儿园。商店门牌低调，恩情茶社、大同江啤酒屋，成为朝鲜人和在朝外国人最爱去的休闲聚会场所。

朝鲜的餐馆通常分为外事接待餐厅和朝鲜人自己的家常饭馆。前者较贵，是收取外汇的，后者便宜，以朝币结算；前者往往是西式、现代的装修风格，后者曾经昏暗狭小，但近几年来两者的界限在模糊，差距在缩小。如今在一些高档的涉外餐厅里，常能见到一些朝鲜家庭和情侣，而街边翻修一新的家常菜馆，也常有外国人光顾。

在平壤，只要手里有外币，就可以实现"没有吃不到，只有想不到"的心愿西餐厅、快餐店、中餐火锅、日式料理……各种口味正宗的食品应有尽有。在平壤海棠花餐厅，我点了一盘黑亮似糯米糕的点心，叫作"土豆馒头"，土豆粉和的面，色呈棕黑，皮厚而有嚼头，咬开来，竟是"泡菜馅儿"。朝鲜人对土豆特别偏爱，朝鲜两江道大红丹郡盛产土豆，有首动听的歌叫《大红丹三千里》，歌词里唱到"美丽的土豆花"。

朝鲜人还喜欢一种特色的"脱皮"（明太鱼干）吃法，即撕着吃风干、烤干的明太鱼。大家一人截取其中一段，像剥瓜子似的，一层层撕去鱼干的纹理。撕鱼之乐不在肉，在乎其乃饮酒

平壤第一家 24 小时营业的日出咖啡厅

日出餐厅的甜点蛋糕

平壤大同江啤酒屋。因其啤酒和西餐味道上佳，外国人称其为"德国餐厅"

海棠花餐厅烤肉

之伴侣也。有了明太鱼，啤酒才喝得尽兴，喝得绵延不绝，若将其烤了吃，就更香更易嚼。

都说朝鲜人爱吃狗肉，朝鲜族悠久的饮食传统中，有三伏天吃狗肉"以热治热"的说法。但如今在朝鲜，大多数餐厅的菜谱上并没有狗肉汤这道滋补名肴。吃狗肉要跑到专门的店，在光复大街上有一家提供外卖的狗肉店，堪称老字号。

传统料理中，高丽饭店旁边的一家小店的酱汤很好喝，阿里郎餐

大同江畔玉流馆。朝鲜人凭票吃冷面的民族餐厅（朝中社图片）

朝鲜餐：打糕、山野菜、豆腐

厅以拌饭闻名。还有朝鲜绿豆煎饼，将绿豆磨成粉，加入蔬菜、肉、葱等，调成糊状摊制而成，有预防和治疗动脉硬化和解酒的独特作用。开城参鸡汤，将鸡的内脏去尽洗净，灌入糯米和人参，放到陶制罐子内炖熟，滋补又美味。

要问坐落在大同江畔那座通体透亮的玉流馆"宫殿"什么最好吃，答案是冷面。来朝鲜一定要品尝一下正宗的平壤冷面，清流馆和玉流馆是卖冷面的老字号，青瓦白墙的古典建筑新装修后更显气势。在那仿佛锅盖状的金黄色铜器里，铺上一层牛羊肉、桔梗、蕨菜，浇上鲜美的肉汤，拌上足料的白醋和芥末，一道朝鲜人最爱的传统美食就做好了。酸甜冰凉的口感让人越吃越爱。

平壤有不少擅长日本料理的餐厅，口味都很正宗。有一次各国人聚餐，聚餐地点选在门面并不起眼的庆兴餐厅，各色寿司、生鱼片和日式料理让原本众口难调的各国友人赞不绝口。大厨从后厨走出，询问我们口味如何，得到我们的赞扬后，他说："我这全靠自学，没有接受过日本人的培训。"得意扬扬地炫耀自己自主学习的本领。

意大利披萨店

海棠花商场化妆品店

海棠花餐厅里的表演

— 11 —

左下角收银台 Cash 红色牌子，就是在朝鲜可以使用"翅膀"卡支付的标示

在外交团会馆的定食中，还能品尝到日式"松茸茶"。先将一片柠檬放入壶中，再将壶顶上的茶杯取下，我自斟自饮，坐在二层落地窗旁朝下望，看着游泳池里自由徜徉的人们，度过一个惬意的下午。

在朝鲜餐厅用餐、超市购物，有个十分有趣而独特的现象：各种货币可混合交易结算。比如一份拌饭，菜单上标价为800朝币，但结算时却只能用外汇。按照官方比价美元对朝币1比100的汇率换算，即约8美元，无论外国人还是朝鲜人，拿美元、欧元、人民币、日元付账都行。

在平壤生活期间，经常和朝鲜人一起出入集贸市场。平壤最大的统一大街市场上，蔬菜、肉类、水果和各类生活用品齐全，每天来此采购的平壤市民多到"摩肩接踵"的地步，交易活跃。

朝鲜政府2009年更换货币后，美元等外汇在朝鲜的流通日益广泛。据说现在普通朝鲜民众手里都持有一定数量的外币。朝元对美元汇率基本稳定。现阶段在朝鲜市场上1元人民币可兑换1200朝元，1美元可兑换7320朝元。官方汇率为1美元兑100朝元，两者之间的差距在六十倍至七十倍之间。在朝鲜的经济双轨制下，居民可用外币购买一些配给制之外的商品。

三、市井民生四个"木有"

2012年以来,朝鲜各大惠民设施如雨后春笋般出现:统一大街运动中心、羊角岛体育村、人民露天滑冰场相继竣工,各社区公园内的便民运动设施配备一新,新建有旱冰场和迷你高尔夫球场。集餐饮、洗浴、按摩为一体的柳京院,朝鲜"高富帅"、"白富美"云集的海棠花馆,成为百姓"享受社会主义荣华富贵"的休闲场所。

光复地区商业中心、普通江百货商店相继营业以来,大型超市的概念和作用已被平壤市民普遍接受。时常可以在超市看到购物的朝鲜百姓,一家老少推着购物车,选取各国商品,以外汇支付。他们过上了现代化的消费生活,也改变了我刚到朝鲜逛百货店时"凭票供应、物资短缺"的印象。

朝鲜百姓的生活图景究竟是怎样的?通过一段时间的观察,我发现了颇具朝鲜特色的四个"木有"——当然这里的"没有"已经不是"没吃没喝"了。

第一,"没有防盗网的楼房"。

楼房不安防盗网却鲜有偷盗发生,夜里街道黑黢黢的,人们也不怕独自走夜路,这足以证明朝鲜的社会治安稳定。取代防盗网的,是家家户户摆放在阳台上的鲜花(也偶见假花)。平壤的高层住宅楼挺多,且造型讲究,色彩鲜艳,粉白、鹅黄、暖绿、月蓝、淡紫,体现了朝鲜民族的色彩审美取向。有些楼房经年久远,色泽日渐暗淡,居民会在

平壤最早的一家炸鸡汉堡店

纹绣水上乐园里的快餐茶座。两年来,曾经街角一隅的"清凉饮料"逐渐更名为"咖啡屋",喝咖啡成为朝鲜人的新时尚

平壤街道，一直未投入使用的柳京大厦

卫生月和节庆前重新上色粉刷。而更神奇的是，朝鲜式为楼房加宽加高的盖楼法，在不拆除原有楼房的基础上，将楼房向两侧和高空延展，此般垒积木的盖楼法，让外国人看得心惊。

朝鲜的治安好，是所有外国人有目共睹的。习惯了四海为家、常年在世界各国工作的国际NGO工作者，比较起在其他欠发达国家和地区的工作经历，最大的感受就是，"朝鲜社会稳定，是个与犯罪黑暗绝缘的净土"。朝鲜百姓都是"人民"，鲜有混杂其中的"敌人"，这正是朝鲜要建设社会主义文明国家的目标。正因为在朝外国人总抱有"朝鲜≈世外桃源"的认识，也偶尔会因大意疏忽而招致财物损失。近来，偶尔听说在一些允许外国人出入的集贸市场，外国人的皮夹、手包被"挤掉"的事件。尽管朝鲜公安部门会鼎力协助，但踪迹往往难觅。"看来小偷还是哪里都存在啊，朝鲜也不例外！"听外国朋友发出这声感叹的同时，另一番滋味涌上心头：我们还是把朝鲜人想得太非同一般了。

平壤入夜早，地铁通常只运行到晚上10点，公交车只运行到晚上9点，平壤极少人有私家车，外国人走夜路出行时，不时会看到有朝鲜人站在路口招手搭顺风车，待车开近了，一看到是外国车，朝鲜人也就不再招手了。

上部——平壤的市井声息

平壤植物园里唱歌的朝鲜妇女

水果摊前排队的人们

露天餐厅的服务员

如果周末从光复大街的少年宫路过，常会遇上一些清纯貌美的女中学生，站在路边招呼搭车。这个时候路过的外国车辆热情地停下，朝鲜小姑娘一看是外国车，会礼貌拒绝，但最近倒也听说多了些"胆敢"上中国朋友的车的"女杰"。

有一次，我穿着新做好的朝鲜传统服装到万寿台区照相，出门才发现忘记携带记者证。我们司机开玩笑提醒说，万一遇到警察问询，可一定要只说中文不讲朝语哟。其实，警察大叔已不像从前管得那么严格，睁一只眼闭一只眼，任我在市中心随意摆拍。不时有市民向我投来稀奇的眼光，他们甚至举起手中的相机拍我。不远处，有几个看热闹的学生，我招呼他们一起合影，他们大方地走过来，冲着镜头微笑。

第二，"没有拥挤的排队"。

平壤市民出行的交通工具有地铁、有轨电车和公交车等，近年来出租车数量也多了不少。今年起陆续增加了一些新公交车，公共交通看上去不再那么不堪重负。我多次乘坐朝鲜地铁和公交车，票价均为5元朝币，价格低廉，是大众出行的上选。

在车站排队等了十五分钟后，我跟随人群"拥而不挤"地乘上一辆公交车，虽然车里的座椅、扶手都很沧桑，却丝毫不觉得脏。

女人骑自行车，在朝鲜长期以来被视作是"伤风败俗"、有损道德形象，

— 15 —

我的平壤故事

在平壤大街上看到的残疾人。外媒曾言说，残疾人不能生活在首都平壤

加入偶遇的野炊（央视记者吕兴林摄）

于是我常常看到女人推着载有大包小包行李的自行车，却从不骑上去。

从 2012 年 9 月起，朝鲜已经放开限制，允许女人骑自行车。我曾向朝鲜女盟的干部求证，得到了肯定的答复。今年以来，在平壤街头，可以看到越来越多骑自行车的男女老少，更多出了不少摩托车。

从 2012 年开始，平壤的公交站点开始安装长椅和休息亭，但还是能看到宁愿蹲在地上，也不去长椅上坐的中老年人。朝鲜人特别能蹲，不知道是不是和从小坐炕有关。他们干活一般也愿意蹲着，蹲在草地上拿小剪刀细致地做园艺，蹲在炕上"舒服"地做饭。每逢节假日在路边、在草地上、在绿荫下，喝啤酒吃明太鱼的男女老少，不用铺垫报纸，只需舒舒服服地朝地上一蹲，就能吃一顿安稳欢乐的野炊。

更神奇的是，据说那些长途跋涉去异地的人们，天黑了走累了，就这么"猫"着蹲下休息，不用躺，不用坐马扎，两腿叉开蹲坐下来就是休息。不得不佩服的是，女人脚踩高跟鞋也能蹲得舒服安稳。

第三，"没有人声的街道"。

朝鲜的城镇普遍都安静整洁，没有车水马龙般拥堵的

在荷塘边游走的朝鲜少年

— 16 —

交通，宽广的马路上行人车辆总是悄默无声，在市中心闭上眼睛，宛若置身公园小径，行人并肩低语交谈，音量低至绝不妨碍他人享用安静的公共空间。

我参加过许多朝鲜的大型集会活动，朝鲜人动静结合的转换功力让人叹为观止。大型团体操文艺表演《阿里郎》有十万人参演，结束之后，我眼见数万人有秩序地默默离场，不由得感慨这是怎样的"训练有素"。我好奇地问朝鲜同志，为什么朝鲜人在公共场合如此安静？如何在欢歌热舞之后迅速"散热"，是社会习俗或组织者的要求吗？得到的答案却超出预想："是家庭教育吧，家长会从小教育子女不要在公共场合大声喧哗。"

第四，"没有广告的城市"。

没有广告，是朝鲜最大的特点之一，除了平壤机场路上和火车站外的"和平牌汽车"的广告牌外，道路两边的店铺名牌很少，道路显得干净整洁，企业、公司没有宣传竞争的概念，没有商业广告，店铺的名称也比较单一，如餐饮就叫"餐厅"、"清凉饮料"，前面通常以地名打头，"大同江"、"普通江"、"万景台"、"牡丹峰"等。当然，朝鲜是个政治性极强的国家，有一些标语和口号。曾有报道说"平壤惊现英文广告 CNC"，这当然不是中国网通的广告，也不是像新华社占据纽约时代广场大屏幕一样，到仓田街抢占先机打出自己的电视品牌 CNC。这里的 CNC 是 Computer Numeralize Control（数控机床），在朝鲜象征着"突破尖端科技"。

标语："伟大的光荣的 4.25 建军节"

四、亲历朝鲜时尚转型

夏末秋初的平壤街头，不时有手撑遮阳伞、脚踏复古松糕鞋、身着亮丽职业裙装的女子从你身边飘过。她们略施淡妆，披波浪卷发，散发出清纯的时尚气质。如今，人们时常可以在平壤街头瞥见衣着入时的年轻女子，从头到脚都与国际正流行的"复古风"接轨：大波浪卷发搭配罗马高跟鞋、裸色衬衫搭配海蓝色百褶裙、蕾丝连衣裙搭配复古手包……在不经意间演绎出颇具时尚感的个性美。

近年来，时尚界"长裙"当道，但朝鲜女子的裙子却有逐渐缩短的趋势。如今，除了夏季里以穿裙装为主外，朝鲜女性在春秋冬三季主要还是以穿裤子为主，这点和外界漫天飞的"朝鲜女人不穿裤子"的谣言出入甚大。朝鲜女人热爱穿裙子是一种传统，韩国女人也一样，正式场合女人应该穿裙子，否则会被认为不礼貌。而如今，这种观念也渐渐在转变。

多年前有则趣闻，有位使馆阿姨，喜穿裤子上市场买菜，被当成本国人，屡被街道办的大妈从身后按下，"骑马（即裙子）！为什么不穿骑马？"是女人就要穿"骑马"，穿裤子的是男人。以至于朝鲜俚语中，把男人叫"裤子"，比如委婉地问未婚女孩子："你想要怎样的'裤子'啊？"

其实，朝鲜允许女人穿裤子早已有些年头了。不过，朝鲜女性穿的裤子还是20世纪90年代流行的阔腿裤——上下

日出咖啡厅里，朝鲜军人情侣在点餐

雪峰餐厅。现代乐队在为客人表演

一般粗细的布料裤子，以白、蓝、黑为主。

年轻女子则特别钟情丝袜。夏季里的肤色丝袜质量奇好，透气而不容易挂丝，我从国内带来的品牌袜一律"退休"，夏末初秋里两双"平壤袜厂"的袜子就足够了。在朝鲜，衣着最"开放大胆"的要数小朋友了，不到上学的年龄就不必穿统一的校服，所以，常常在街上看到穿得很公主的小女生，艳丽的色彩、蕾丝花边、蝴蝶结……夏天也属她们最"暴露"，小短裙、吊带背心，穿得还真少。

"走，到银河店淘宝去。"出口转内销的银河牌，是在朝外国人最爱的淘宝小店。衣服款式虽不多，却用料讲究，价格是国内同类产品的两到三折，比如一件丝质衬衫仅卖3.8美元，到了冬天，羽绒服更是"冰点价"，十几美元就能淘到一件质量上乘的羽绒服。休闲欧版、甜美日韩系，有些裙装的款式十分开放时尚，露背吊带的迷你裙挑战试穿者的接受尺度。

虽然街头没有女生穿吊带短裤，但她们更多的炫耀是在脚上——大街小巷，行走中的女人的最大共性就是人人脚踩一双厚底松糕鞋。朝鲜厚底松糕鞋的流行跨越年龄、职业，从"大妈"到中学生，清一色地脚踩高跟鞋。朴素的中学生虽身着统一的白短衫、高腰百褶裙校服，却有高跟鞋张扬个性。这些鞋子款式多样、色彩缤纷，从水晶防水台到木质粗跟、从黑白色拼接到渐变色……应有尽有。这样的鞋子在凭票供应的百货店难得一见，引导流行的地方在人群熙攘的集贸市场。

位于平壤凯旋门附近的北塞洞商业街的北塞商店，是平壤为数不多的高端"奢侈品"店，由一家新加坡公司控股。外墙色泽淡雅的两层建筑，茶色镜面玻璃透露出它的低调、华丽，门口不时有平壤市民进进

在公园里,遇到了金日成综合大学的朝鲜"白富美"

出出。卖场主营各类进口高档乐器和电子产品,陈列其中的有精致的架子鼓、吉他、小提琴,索尼、东芝等知名品牌的液晶电视,各类国际知名品牌的笔记本电脑、数码DV以及数码相机等。

而相比非常人问津得起的"大牌"化妆品,一般的朝鲜姑娘更喜欢用物美价廉,属于朝鲜人自己的"春香牌"。唇彩2到3美元,人参

化妆品店内的朝鲜国产化妆品 　　　　　　　平壤雪峰中心,餐厅服务员演唱中文歌

补水 7 美元，一个精美的礼盒套装下来也就 25 到 35 美元，且原料天然，因而人气颇旺。不化妆不出门的朝鲜女子，为拥有物美价廉的国产品牌化妆品而骄傲。"春香"和"银河"等国民品牌，在许多商场设有专柜。

华丽的阳伞也是夏日出行的必需品，一如朝鲜传统服装色彩明艳的风格，朝鲜女子撑的阳伞也是色彩斑斓，装饰闪亮。假若可以随意在这里街拍美女，或许还真能为国际时装舞台提供灵感，刮起一股返璞归真的平壤风。

溜冰场外的朝鲜小帅哥

● "那样的话也太磨灭个性了！"

将发型、服饰政治化、符号化，朝鲜再次被西方媒体误读。据英国《每日邮报》报道，朝鲜首都平壤发廊的墙壁上，通常会陈列出十八种女性发型样式，男性则需遵循十种发型模版。报道称，朝鲜方面之所以这样做，是为了"限制西方影响力"。我通过与朝鲜民众的日常接触了解到，朝鲜人的发型、服饰已逐步告别符号化，开始注重个性化与时尚元素，并将民族性与时代结合。

英媒报道说，"从朝鲜妇女的发型，可以轻易分辨出她们是否已婚。已婚女子如果选择稍短的头发样式，假如不在后脑勺扎个发髻，

打阳伞的朝鲜姑娘

— 21 —

我的平壤故事

我们似曾相识的街头理发　　　　　　　　公园里，聚会的朝鲜青年

便会遭到非议"。我将这样的报道转述给一名正在理发店烫发的朝鲜姑娘。她瞪大眼睛吃惊地说："这是什么报道啊，那样的话也太磨灭个性了！每个人的脸型、气质不同，怎么可能要求发型统一呢？"

事实上，朝鲜官方并未如网上传言的那样发布所谓的男女发型图，这些只是朝鲜理发店内挂出的发型推荐海报，并无"非选其一不可"之说。朝鲜的理发店分为服务外国人和服务朝鲜本国居民两种，这种推荐发型图只在服务本国居民的理发店内展示。同时，朝鲜有对内发行的青年同盟刊物，上面有最流行的衣饰搭配。

一名已婚朝鲜女子对我说，她从去年起将长发剪短，"这样看起来更干练"！她捋着类似于小S的短发，额头前为偏分刘海，显然不属于"女子十八式"的范畴。

对于传言的朝鲜男子的头发不能超过五厘米，并需每隔十五天修剪一次，朝鲜也并无此规定。不过，大多数都留着板寸的朝鲜男人说："朝鲜男人不

平壤男青年的时尚发型

— 22 —

喜欢头发长，看起来太不爷们儿。"

据了解，理发店近年来最受欢迎的造型就是最高领导人金正恩的"元帅发型"：将后脑勺剪得干净清爽，上面的头发打上发蜡，派头立现。不少朝鲜男性表示，"怀着对元帅的崇高敬意而尝试该发型，但需要相当的勇气和魄力，非一般人所能驾驭"。

● **对外国人穿牛仔裤并不反感**

"朝鲜百姓不再是从前印象中的样子，女孩子穿着鲜艳的羽绒服搭配长筒靴，男女朋友亲密地牵着手在大街上散步。"一名来自瑞典的游客对我讲述冬日朝鲜给他留下的直观印象。

朝鲜女性出门时都会略施淡妆，衣着风格可归纳为"简单大方"。朝鲜姑娘认为，穿衣要和自身的形象气质相吻合，如果只片面追求花哨，而不注重内在修养，会被认为很轻浮、没有定性。身着军装制服的女文艺兵对我说："'先军'朝鲜的女人要美得有民族特色，并且与时代流行相结合。女人要美丽，世界才会更美好。"

朝鲜元山，朝鲜青年男女开心地和我一起照相

比起俏丽的女性，朝鲜男人的服饰相对单调。他们依然推崇类似于军装颜色的"将校呢"系列，橄榄黄、银灰蓝，四季衣物仅厚薄不同而已。初来朝鲜，千万别误以为满大街走的都是军人，这种橄榄色工作服，只是朝鲜男人较正式的工作服，而军装则颜色更深，料子更厚，且有大檐帽。

平壤街头还有一景，即时常可看到朝鲜百姓头顶重物，或负重行走。双肩包是朝鲜人不论年龄、职业的普遍选择。这种被称为"背囊"的大大的双肩包，背在去集贸市场做生意的大妈肩上，背在去单位上班的青年人肩上，也背在穿职业套装的"白领"女士肩上……

街上，背重物的朝鲜妇女

如今朝鲜人的发型、服饰已与政治化、符号化渐行渐远，开始追求个性化与时尚。虽然直到现在，在朝鲜的街头也鲜见有人穿着被视为"资本主义的象征"的牛仔裤，不过朝鲜人对外国人穿牛仔裤并没有反感和抵触情绪，他们认为自己不穿是因为民族差异，并非出于什么"抵制西方影响力"的目的。

朝鲜总被西方误读，是因为隔阂过深。如果同朝鲜人多加交流就会认识到，其实被外界投以奇怪眼光的朝鲜民众，与任何国家的老百姓一样，有自己的喜怒哀乐，关注自己的家庭与衣食住行。

我们以往对朝鲜的"封闭"带有主观的刻板印象，似乎总是把生活方式归于社会制度和意识形态，这是轻率而片面的。我曾经搞过一个测试，问中国朋友，1、女子穿裤子违法；2、全盘封杀电子游戏；3、晚上10点之后禁止冲马桶。这些都是哪些国家的无厘头法规？其中多数人不假思索地说，当然是朝鲜。其实，这里的"标准答案"分别是：1、法国（此法规直到2013年1月31日才废除，长达两百年的历史。尽管现实生活中人们早已穿裤子了）；2、希腊；3、瑞士。

五、地铁里的一面之缘

平壤的地铁很深,战时可兼做防空洞,是为可能发生的战争而特别设计的。垂直深度约有一百米左右,而电梯长度达到一百五十米。我多次乘坐地铁出行,掐表看时间,从地上到地下,需花费足足三分半钟。

深深的地道里,通风很好,常年恒温在 20 摄氏度左右,冬暖夏凉。入口处有一个小卖部,卖些钥匙链和小零食之类的东西。墙上是一张电子地图,两条地铁线路中,想要到哪一站,统一、胜利、荣光、革新、凯旋、黄金平原……按下按钮,就会出现全线亮灯的线路指示。

进站等候列车到来,扇面形玻璃报纸展示栏前,不少人弯腰弓背、聚精会神地读当日的《劳动新闻》,他们专注的神情让我恍然以为来到了大学图书馆。那么入神不怕误了车吗?系红领巾的小学生,手捧着儿童小说《魔法师》,津津有味地从等车读到上车。

轰隆隆的列车驶入站台,站台上迅速拥满了人群,不推不挤也不礼让,你下我上积极地找座位坐下。人不算少,有坐有站,看到我们几位外国人上车,有人上下打量、仔细扫描,有人目不斜视、全然不

地铁黄金平原站前

地铁荣光站。由朝鲜金钟泰电力机车联合企业制造的新型地铁列车于 2016 年 1 月 1 日开始正式运营。(新华社记者陆睿 摄)

在地铁报栏看报的朝鲜乘客　　　　　　　　　　　旧式的地铁车厢里，静静看书的乘客

关心。车开动，声音隆隆如铁皮火车，听不清广播里的字词，却清楚地感觉得到节奏激昂的旋律。木质门窗，白或黄色的灯管，乘客多闭目安坐。

每节车厢里，都有或站着或坐读书看报的人，暗淡的光线不是问题，他们读得入神，一份报纸可以引来邻座的乘客伸长了脖子读"蹭"，手持报纸的同志也乐于与之分享，不动声色地把报纸摆放在中间。还有人捧着大部头的领袖著作潜心钻研。人们加入无人之境般对周边的孩啼声充耳不闻，列车颤颤颠颠丝毫不影响他们的阅读之乐。

地铁之深，手机全然没有信号，断了与外界的一切联系。平壤深深的地铁站里，咔嚓咔嚓、咣咣唧唧的轨道声音之上，耳畔脑际盘旋的是大广播的铿锵话语，将我带回时光隧道……

大学期间，我先后几次参加国际交流活动，到韩国研修语言，首尔地铁站即是便利的购物乐园，从化妆品到小饰品，咖啡蛋糕充值点，一应俱全。在纽约乘地铁时，被带队老师再三嘱咐要当心，千万别被黑人盯上了。伊斯坦布尔地铁里，亚洲小姑娘引来了土耳其帅哥炙热的媚眼，热情好客的土耳其人把我从头到脚打量了个够。而拥挤的北上广地铁，乘客在人挤人的被

平壤新地铁车厢里的乘客（新华社记者朱龙川摄）

迫肢体亲密中,各自与手机对话、听歌、刷微博,在逃匿中找寻精神独处。

平壤地铁每一站都有镶嵌壁画,成为取代地铁广告的朝鲜特色主题。车停在荣光站,高大的罗马柱,繁复的吊灯在镜头里显得煞是奢华,上来几个高个子男孩,他们一进门就注意到了我,还相互使眼色、耸肩膀以彼此示意。我没有将眼神聚焦在谁身上,放空视线,冲空气微笑。最高个子的一枚小帅哥,不好意思地急忙将脸转过去,招来伙伴们的无言偷笑。大概是高中生吧,好奇心正强的时候,时不时地转过头来瞄上几眼。

快到站时,座席上抱着熟睡孩子的母亲起身,将座位让给了我。旁边的乘客挪动身体,为背小孩的妈妈让路。

车门口一位穿深蓝色警服、戴警帽的姑娘,一直朝我这个方向看,我手里攥着的 iphone 迟迟不敢举起。下了车,看到她向我走来,我以为她

平壤新地铁车厢内景。目前,平壤地铁只更换了一列新车,每日限时段运行,其他时段和车次仍由旧式列车运行(新华社记者朱龙川摄)

是要求我将照片删掉,谁知她竟然微笑着说,请问你要去哪里?

"跟我走就好了。"警花对我说,身边又迅速多出一个和她近乎双胞胎的女乘警,饱满红润的脸颊朝气洋溢。我们聊起来,知道了两人分别二十二岁和二十三岁,是地铁交警,当然属于军人,已入伍五六年了,明后年就退伍。

当我小心询问可不可以一起拍张合影时,作为军人,她们答应之爽快很令我意外:"好啊,没问题。咱们出去就照吧。"就在我们一起走出地铁口的瞬间,群众的目光刷刷地朝我们投来,犹如一张硕大无朋的隐形网笼罩,我们的一举一动都受到关注。

外国人和军人一起拍照,的确罕见,何况并无朝方陪同人员,也

不是在什么著名景点。但我们就这么遇上了，聊 high 了，无人看管肆无忌惮地拍起合影来。两姐妹把我拥在中间，分别紧紧握着我的胳膊，有点力道，却又很温柔。一个领导人视察时出现的熟悉镜头，大家就这么架着、搀着"拥卫"在两侧。在光复站牌前合影后，我们互道拜拜。

按照她们指的路走出去大约一百米，两位警花又呼喊着追上来，难不成是让删照片吗？被她们的上级看到与外国人接触后被问了话？有点电影情节反照现实的感觉。其中一位女交警（朝鲜称交警为保安员），气喘吁吁地问我："照片可不可以给我们？"

"什么意思？给你们？"解释了半天，原来她们不是让我删照片，是想要洗出来的照片做纪念。

她们说明天的这个时候在相遇的老地点见面。

我答应两位警花，明天同一时间的同一站见面。

第二天，我带着加急洗出的照片去了，地铁站人潮中却寻不见两个女孩的身影。后悔我们没有互留手机号码，不，即使留了手机号也无法互通的一面之缘啊。

六、友谊酒吧的姐妹

神秘的隐士之国竟也有酒吧。

从东平壤一家涉外加油站左拐进胡同,便进入了外国使馆区,两旁是独门立户的院落小楼,春天桃花盛开落英缤纷,夏阳下爬墙虎葱郁旺盛。这里集聚着各国使馆和国际组织,还有一家外交团餐厅、一间平壤商店,提供新鲜的牛奶面包,洋酒香烟。

友谊酒吧就坐落在使馆区的一片绿光里。这家"友谊"酒吧,用朝语讲是"亲善"。外国朋友见面,通常都喜欢来这家friendship。

这是平壤屈指可数的涉外会所,五彩夜灯闪烁在两层小楼周身。推门而入,门口一张台球桌,总见到朝鲜服务员同外国客人PK球技。较一般餐厅不同,友谊一层的咖啡厅和餐厅总是关着门,隔离出相对独立的空间。右侧咖啡厅里另有吧台,可以点餐品酒,可以慢享茗茶、现磨咖啡。屋内装潢明快,几张油画,几瓶红酒,时不时推门进来几位外国人,大家相互打个招呼,随即安静,融入各自的私语氛围。左侧的餐厅气氛则要热烈许多,家的温馨感觉流转其中。

友谊酒吧的氛围很友善,互不相识的外国人相互之间友善地打招呼,与服务员之间也像朋友似的。每位服务员都同顾客彼此熟识,直接称呼对方的名字,问候近况,自如地在朝语和英语之间转换,还时不时地蹦出几句中文。友谊酒吧没人醉酒闹事,有时客人会邀请服务员一起跳支三步、四步舞

外国朋友的生日Party。我们来到了一家陌生的餐厅,竟然也有乐队演出助兴

曲，不会要求服务员陪酒。如果服务员实在不愿意一直跳下去，拒绝也没有问题。

一层直走还有舞池、吧台、茶座。在二层的KTV，服务员训练有素，齐耳短发，清纯干练，外国朋友随意点唱英文歌也不会难倒她们，从后街男孩到布兰妮，从玛丽亚·凯莉到萨奇拉，一招一式大大不同于传统朝鲜舞的含蓄，节奏动感十足。要问她们是怎么学会这些外国流行歌曲的，她们总是谦虚地说，就是边听边学，唱得不好，脸上会露出一丝羞涩。朝鲜小姑娘大多会唱邓丽君的歌曲，中文流行歌曲《童话》、《小薇》人气很高。

被日本人称作卡拉OK，中国人称作KTV的东东，在朝鲜被称作"画面伴奏音乐"。平壤许多较高档的餐馆都有KTV设施。在平壤的大同江外交团会馆二层的KTV，常常顾客盈门。在不少新装修的餐厅包房，都设有点唱机，可以边吃饭边唱歌，按时间收取包房费用，平均约十美元一小时。朝文、英文、中文、日文甚至更多语种的歌曲应有尽有。

友谊酒吧也是唯一只要点了酒水就可以随意点歌，不收点歌费的KTV。神奇的是，这里的画面播放着90年代的韩国MTV。但由于"关系紧张"，韩国流行歌曲始终不能在友谊酒吧播放，韩国组合"东方神起"、

平壤的"画面伴奏音乐"KTV

"少女时代"的歌曲,被视为禁忌。

在这里,我遇上了我的朝鲜姐妹。是的,友谊酒吧的漂亮女服务员,我们一见如故,以姐妹相称。

同眼前这位活泼大方的短发姑娘,简单做了自我介绍后,我俩的话匣子便再也关不上了。小雪,比我小一岁,她大方地直接叫我"白羽姐姐",不再是"杜白羽同志",不再是"杜记者",这让我找回了轻松的生活感觉。我们聊闺密、死党才会胡闹和开玩笑的话题,不再一本正经、谨言慎行。

和外国姐妹在大同江外交团会馆的KTV

小雪的眼睛好似善良的小鹿眼,眼神清澈。我们一起合唱中文歌和英文歌《Take me to your heart》、《When you believe》,手拉手跳舞,像两个失散多年的姐妹。小雪的模仿能力超级强,跳《Waka Waka》一招一式很有范儿,只是像我一样,不好意思彻底放开跳。友谊酒吧的氛围无论多轻松,我也始终无法彻底释放,大约是一人在外要处处留心的习惯造成的吧。

跟着小雪,我学会了深情的朝鲜歌曲《美丽的平壤之夜》、《我的心你可懂》、《我的幸福,我的爱》以及年轻人爱唱的流行歌曲《别问我是谁》(朝鲜第一夫人李雪主的成名作)、《学习吧》、牡丹峰乐团的新作《火热的愿望》。

"姐姐怎么这么年轻就当上了记者呢?""是不是我以后可以在电视上常常看到姐姐呢?""上次卫星发射的时候死死地盯着电视台,姐姐没出现,好失望啊。""我每天都认真学习《劳动新闻》,要做一个像姐姐一样优秀的人……"第二次见面的时候,小雪已经开始惦记我,让我好感动。

小雪特别聪明好学,每次见我都会问我一些中文口语。"没能上大学,独自用功在学经济和英语呢。"小雪说。她毫不避讳地同我聊她将来的职业理想,计划先考轻工业大学或商业大学,学习商务,将来从事和教

我的平壤故事

育相关的 business。她觉得国家义务教育使学生普遍没有太多压力，但对于那些父母工作太忙的孩子来说，他们缺少的是良好的家庭教育。

小雪说她就是因为小时候贪玩没大人管而没考上大学，她想将来开创"家庭教育"方面的事业。"和姐姐聊天很长见识！"小雪说。而我又何尝不是呢？她毫不避讳地和我说她的真实想法，是我在朝鲜弥足珍贵的友人。

和使馆区友谊酒吧的姐妹们。想得到一张合影好难，直到我离职前夕，才有了这张"留作珍藏"的纪念照

如果说同小雪是"一见如故"仿佛亲姐妹，那用真希的话说，对她我是"一见钟情"了。真希若生在中国，估计早就被星探发掘去当明星了，脸盘小如 Angelababy 杨颖，眉眼是那么精致，最美的是她笑起来的酒窝和洁白整齐的牙齿。真希最让人爱怜的就是被韩国人称作"眼酒窝"的小"眼袋"——在中国人审美标准里可有可无的附属品，却被韩国女孩子封为致命可爱的法宝。

我指着她如清泉般澄澈的双眸下的"眼酒窝"，问她这叫什么。她不好意思地表示不知所云，叹出一句："诶，天生就有诶。泪囊？"她问我。我笑了，这个朝语长达五个字的发音，直译即"眼泪收集袋"。我告诉她们韩国姑娘对此（眼酒窝）的爱称。她笑了："原来还有这种说法哈！"

真希也比我小一岁，此前在贸易公司做文秘。她说很高兴换了工作来到这里，"氛围很轻松，还可以认识不同国家的人，提高英语水平。"真希知道我对她"一见钟情"，常常和小雪比吃醋，我每次去都要均衡照顾好她俩的感情，在一层舞厅和二层 KTV 之间均匀分配时间。哪次和小雪在一层聊久了，临走前总会遭到真希醋意浓浓的埋怨："姐姐你都不理睬我，好伤心啊。"

就是这样两位大美女，对照相却有着莫名的畏惧。我提出想同她们一起合影，竟然遭到"按照规定不允许"的无情拒绝。开始，她们还冠冕堂皇地说不能违规，后来，我渐渐明白了其实是她们太羞涩了。

— 32 —

"姐姐穿得这么漂亮，我们却穿着工作服。好没面子啊！"真希终于道破真相。和韩国女孩子一样，她们总爱将"好丢脸啊"挂在嘴边。相当于中国人常说的"不好意思"，而他们用的词程度更重一些，足见朝鲜民族爱美、爱面子的秉性。

"天然美女不需刻意装束打扮的，就这样清水芙蓉多好。"我说。

"长得难看，哪里好意思拍照啊。姐姐，不要生气嘛。"小雪闪着她那善良的小鹿眼睛，做着小牛生气发火的样子，手指竖在头顶，一弯一曲地告诉我。我佯装生气，小雪说："哎哟怒火怎么能灭掉？这样吧，我下周从家里带相机来，我们悄悄照吧。"我和小雪拉钩盖章，盖章前她还将拇指呼呼地吹那么两下，然后，示意要好好保管在口袋里。

月香姐姐比我大三岁，我直接喊她姐姐，她也像姐姐一样"要求"我："要经常来哦！"月香笑起来眼睛眯成一条缝，我说她像一部韩国电视剧的女主角。她不好意思地说："哪里有我这么丑的女主角。"我说："是真的，脸小多上镜啊。"她反倒夸起我来："在我们国家，演员都是找脸盘圆润的。像妹妹这样圆润才叫有福气，才能当演员呢。"

曾经，中国的女演员也都是以大气的圆脸或鹅蛋脸为美，三四十年代的胡蝶、王人美、黎莉莉、宣景琳，后来的白杨、秦怡，众所周知的巩俐、张曼玉、邓丽君，没有一个是小脸尖下巴。朝鲜至今仍保持着喜欢大气圆脸的审美。月香告诉我："妹妹，你如果把自己打扮成我们的样子，一定会有男孩子来主动搭讪的，比如：'请问现在几点了'、'我可以和你一起走一段吗'、'我可以给你打电话吗'等等。"

"那要是从前没手机，怎么办？""打家里的固定电话呀。""如果父母接着怎么办？""那当然是马上挂掉的了。"哈哈哈，好不纯情。

当然，朝鲜姑娘也会对中国男人产生好奇："中国男人怎么样？""相比较，没那么大男子主义，中国女性地位挺高的。尤其是南方男人，更体贴。"听我这么一说，月香流露出羡慕的神情。

我问月香喜欢怎样的男子。她说："希望找个性格活泼点的，之前相亲介绍的都太一本正经了。"月香对男子的三大标准是：要帅、要会办事（有能力和责任感）、要能赚钱。这和我们现在"高富帅"的标准，没多大差别嘛。

七、谈一场朝鲜式纯情恋爱

初来朝鲜时是有这么点小野心的——等回国后拍一部名叫《平壤爱情故事》的电影,以爱情故事展现朝鲜社会的生活点滴,算一种对革命年代同志情意的穿越式回顾、对自己两年青春的交代。

在这片祥和宁静的土地上,纯情的爱情悄悄发生着。一个爱情边缘的游荡者——我,站在圈外,冷静旁观。

● **恋爱的革命色彩**

傍晚的4·25文化广场,夕阳西下,喷水池前,朝鲜男青年在等女朋友的出现,不忙着打电话,不频繁地看手机,更没有微博可刷屏消磨时间,就那么简单地虔诚地等待着。当女朋友悄然出现在身后,两人四

公园里拍结婚照的朝鲜新人

目相视,手拉手坐下,开始纯情的革命式恋爱:脸,不是望向对方,而是望向被灯光照射、熠熠发光的领袖画像。憧憬的眼神,美好的向往,仿佛领袖见证了他们的相遇、相知……

秀丽的牡丹峰山坡草地上,光着膀子躺在草地上的男子身旁,妆容俏丽的女子,静默融融地,就那么安静地躺着或坐着,只要你在身边就好的满足,让人一见

太阳节之夜,与朝鲜男女青年合影

即萌生岁月如此静好,任指缝流年,我心不变的淡定。

朝鲜女人撑起的是朝鲜半边天,在家贤淑孝顺,吃苦耐劳;在外温柔婉约,含蓄芬芳,朝鲜姑娘是超适宜娶回家做老婆的。曾有位中国男性朋友对我哭诉他的遭遇,他问朝鲜男人:"在家谁做早饭?"朝鲜男人万分诧异地表示对这个问题"不能理解":"肯定是老婆做啊,还能谁做?"这位朋友低头无语,他羡慕朝鲜男人不用干家务。

即使如此,我还是遇到了年轻一代朝鲜男孩子的"甜言蜜语"。出去采访时,总能遇见他。个子很高,喜欢穿一件休闲版的银色西装,在人群中十分抢眼,他每次都很礼貌地同我打招呼。一次在万寿台议事堂等候采访时,我们聊起来,闲着也是闲着,我邀请他一起合张影,他"腾"地从沙发上起身,礼貌地让我坐下:"女士优先,请坐请坐。"我被他拉到沙发上,而他自己则移坐到一旁的长椅上。我说他:"干吗这么客气?"他回敬一句道:"在朝鲜女性第一。"我反问:"朝鲜也有女士优先这一说吗?""当然了,无论何时何地,女士优先,女性第一。"

那张照片,我们笑得都很开心,只是如何把照片给他成了难题。总不能天天放在包里背着吧,十天半个月遇不到一次。好久之后,一次采访中我们偶遇,我哪有先知会随身携带照片,他追在我身后讨要照片,还作生气状地开玩笑说我是"小骗子"。

另一位朝鲜青年,我们在"太阳节"的系列活动中一天见好几面,每次他都很谦虚地开玩笑说:"我长得不帅,不好意思和美女合影。"让

我叫他"允浩欧巴（哥哥）"。大约还是禁不住"此时一别何时再见"的感伤。活动临近结束，他主动找我拍照。可惜，合影照片他也没有拿到。

一次欣赏音乐会，邻座的朝鲜小伙子和我聊起来。他三十岁了还没有谈过恋爱。"当年读书的时候太用功了，有喜欢的女孩子却没有表白。现在等着让人介绍吧。"他表现得一点不着急。他说问题在于现在连相亲的时间都没有，周一到周六，从早晨7点工作到晚上10点，周日有时还要加班。

"青年肩上的任务太重了。"他指指靠近我这一侧的肩膀，耸耸肩。

是我想多了？看了太多韩剧、美剧，对男女肢体动作的理解产生了固定模式？如果不是他那句话的内容，我还以为他是是让我靠在他的肩头呢。"我们身兼重担，不能掉以轻心啊！"他目视前方，活生生一个朝鲜80后好青年的形象。

恋爱中的男女

主体思想塔下草丛里，打着伞亲吻的朝鲜情侣

每逢大型集会，身着笔挺深蓝西装，系着红色领带，胸前佩戴着领袖像章的青年才俊们，一排排朝你我来，我的脑海中只会反反复复地出现毛爷爷的那句词："恰同学少年"。他们将风华正茂、热血豪情，投入到祖国建设需要的战斗场上，交付给无悔的军营，满腔"誓死拥卫"领袖，随时为国奉献一切的凛然正气。

据金亨稷师范大学的中国汉办老师说，朝鲜的大学生不允许谈恋爱，如果被发现是要被处罚的。但也有朝鲜朋友说，没有明文规定不允许大学里谈恋爱，只是"不提倡、不鼓励"。听中国留学生说，她们同寝室的姐姐会时常神神秘秘地接电话，跑到角落里一聊就好长时间。终于有一次，她的男友浮出水面了，在学校附近的一家餐厅里，有人看到他们两个在一起吃烤肉。

大学校园里很少见到并肩行走的男生女生，倒是有不少并肩同行的男男，或女女，男生非常纯洁地"勾肩搭背"，不去避讳哥儿俩好的铁哥们儿关系。"同志爱"是朝鲜人经常说的一个词，就是同志之间的友情，如今却被一些人以词害意浮想联翩。

我曾经在一篇杂志约稿中，对朝鲜男女青年的恋爱、交友状态做了描述。尽管编辑已经对"同志爱"加了引号，即同志之间的友情，但仍有不少网友留言跟帖说，"朝鲜好开放啊"，"就是冲着'同志爱'这个标题来的"。原来，有些网站的编辑为了赚取点击量，不惜大搞标题党："男男勾肩搭背，常说'同志爱'"，以这样的标题来博取关注。

可见，外界看朝鲜往往带着猎奇的目光和习惯性的曲解，而我想要做的，只是将朝鲜的事实客观记录下来，或许多年以后，这些几乎当下的"绝无仅有"也会成为遥远的曾经。

在朝鲜常见的男生牵手跳舞

在火车上偶然拍到的。很喜欢这个瞬间

● 朝鲜姑娘缘何"不屑"外嫁

在朝鲜常驻久了，有不少机会遇到朝鲜熟人，彼此开玩笑、聊家常，还会不时被问到婚否的话题，朝鲜人如今尺度渐大，不是扬言"给你介绍个朝鲜男朋友吧"，就是慷慨盛邀"嫁过来吧"。一向以"不与外国人通婚"闻名的朝鲜朋友，倒也不把我当外人。

我笑笑，摇头说："支持国产。"他们立即流露出赞赏的目光，潜台词是：这才地道！朝鲜人的思想意识中浓重的尊崇纯洁民族性情结，令他们觉得与外国人通婚是"玷污"民族血统的不当之举。

我的平壤故事

朝鲜女子不乐意"外嫁",不光是不愿意嫁近邻中国人,而是任何外国人都不是她们的菜。这当然与朝鲜的开放程度有关,也是因为朝鲜全面强化"主体性"及"民族性"的体制根深蒂固。如果问朝鲜人政府是否有明文规定说不许与外国人通婚。他们的回答是:"不是不允许,只是需要领导人特批。"

比起2012年我刚来的时候,尽管如今平壤街头牵手拉腕的情侣已越来越多,却极少有给女朋友拎包的朝鲜男人。走在街上,时不时会见到年轻妈妈不仅背着孩子,手里还提着重物,年轻力壮的爸爸却甩手阔步地走在前面。朝鲜女子的吃苦耐劳可见一斑。

当然,朝鲜男人也与国际接轨常爱说"Lady first",在家务活之外表现出冲在前、有担当的纯爷们做派。在先军朝鲜"以一当百"的战斗精神熏陶下,朝鲜可谓盛产硬汉。

朝鲜社会的大男子主义,这一朝鲜族的民族本色保留完好。作为全世界唯一的单一民族国家,朝鲜认为韩国人大量使用外来语破坏了民族语言的纯洁性,同理,对通婚外嫁,朝鲜姑娘的反应不是羡慕,而是叹惋失望——"唉,听说南朝鲜(韩国)姑娘嫁给外国人的不少诶"。此般固守,对正在拥抱全球化转型的韩国社会,已是明日黄花。

七宝山"海七宝"海边,朝鲜青年在拍照留念

娱乐场里的的朝鲜情侣

马路边,牵手散步的朝鲜情侣

八、夜平壤

奥巴马"朝鲜要崩溃"的言论，让朝鲜人民颇为恼怒，朝媒连日猛烈反击，表示早就做好"应对核战争在内的各种战争准备"。与此同时，朝鲜还反击有些国家经常通过展示卫星照片批评朝鲜"缺乏灯光"、"夜晚一片黑暗"，认为"社会的本质不是由绚烂的灯光展现的，朝鲜正走在幸福的道路上"。

4月15日夜，太阳节的焰火

关于朝鲜入夜黑漆漆，朋友们大致有几个猜想，一是缺电，二是限量供电，三是不许开灯。

用电紧缺是事实。到过平壤旅游的外国游客问记者，"为什么有些楼房灯火通明，是特意给外国人看的吗？为什么有的楼里漆黑一片？你走在平壤的大街上会害怕吗？

在朝鲜两年多的常驻，整体感觉是，类似于仓田街这类新落成的高层住宅楼，通常会供电情况良好；90年代建成的住宅楼里，会在短暂停电后不久即来电，有些家庭自己在阳台安装了太阳能板，白天里蓄电供夜里用，所以夜里也是有电的。

我的平壤故事

限量供电，也是事实。据了解，平壤的居民楼通常会在晚饭时段保证供电，但过了九十点，就不能保证了。

晚上不许开灯，这是瞎猜。朝鲜人晚上也会看电视，过正常的家庭生活，没电时开应急灯，看看书啥的，早点洗洗睡了吧。

● **那熠熠发光的是什么？**

走在大街上害怕吗？安全吗？

在朝鲜时，我经常晚上出去散步，基本上是大路上有路灯，小路上黑漆漆。朝鲜人的自行车上都会装有"探照灯"，好自己给自己开路；散步时不用怕，因为朝鲜的社会治安挺好，很少有小偷或抢劫。

说到这，听听朝鲜人怎么看吧。

朝鲜官方承认朝鲜缺电：朝中社报道说，除传统的煤炭资源发电外，朝鲜还在开发和利用太阳能、潮汐和海上风力等可再生能源发电，积极弥补电力供给的不足。

半官方说法：朝鲜的《我们民族之间》网站刊文称，朝鲜虽然没有闪闪的灯光，却有着完全没有政治污染的社会，虽然不太富足，却有着美好的风俗。在与"帝国主义"国家对峙的情况下，朝鲜人民能有现在的生活已经非常幸福。

呵呵，这倒是你问一个朝鲜人"为什么晚上缺电少灯"的类标准答案。

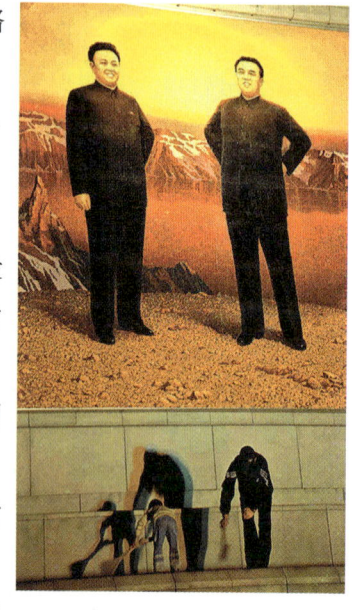

入夜，领袖画像前，一老一少在认真地清扫

平壤的凯旋门。最熟悉的回使馆和分社的夜路

夜幕下的主体思想塔

平壤，革命的首都，这里永不灭的灯火是什么？

答案是：主体思想塔、金日成、金正日铜像和画像、凯旋门、部分的永生塔——一切与领袖有关的、一切与主体思想有关的，将会彻夜常明，永不停电。

朝鲜的电力由于各方面原因仍处于缺乏状态，夜晚难见灯光闪烁的场景。平壤等大城市的供电基本保证，但小城镇和农村嘛，这里的夜里静悄悄，唯一亮的是领袖画像。

夜色中，金日成、金正日的"太阳像"闪耀在万寿台区

其实，近年来朝鲜大力发展经济，提高人民生活水平，民生领域取得了不小进步。平壤的纺织厂工人宿舍、"未来科学家大街"住宅楼和幼儿园等公共及服务设施是重点建设的民生工程。金正恩说："党和人民建设文明富强的社会主义乐园的理想，一定会实现的。"

在统一大街市场等集贸市场上，蔬菜、肉类、水果和各类生活用品等一应俱全，每天来此采购的平壤市民多到"摩肩接踵"的地步，交易活跃。综合超市、咖啡厅、茶室、啤酒屋里，朝鲜人的家庭和同事聚餐时的消费能力，体现了朝鲜居民生活水平确有显著提高。

对了，去啤酒屋喝啤酒，去"画面伴奏音乐"（KTV）包间唱歌，也是朝鲜人夜生活的选择——当然，唱的是爱党爱国爱领袖的红歌。

九、走进牡丹峰名媛的摇篮

● 蜂腰桃唇圣洁依旧

金正恩2012年亲自组建了牡丹峰乐团，他对乐团首场示范演出称赞道："演出将时代气息跃然活现，内容和形式都达到新境界。"黑色超短裙、抹胸露背，桃红唇、彩媚眼，含情唱一首《吉卜赛之歌》，白衣飘飘、帅气十足地玩架子鼓、电吉他，迥异于多年来一贯端庄而严肃的主旋律，大开眼界的朝鲜人称道说："很帅、很有范儿！"喜悦之情溢于言表。

"上了年纪的人感觉还不那么强烈，可在年轻人当中，却大受欢迎"、"领袖说好的东西，我们当然拥护。"牡丹峰乐团年轻艺术家时尚清新的衣饰、妆容，为朝鲜传统国家乐团带来强烈的时代感，堪称金正恩时代的音乐序曲。

如今，在朝鲜的公共场所，凡有电视和大屏幕的地方，必在播出牡丹峰乐团的演出。朝鲜人对这些音乐名媛的名字和特长，热议纷纷，指着电视说谁是自己的最爱。

听说记者曾多次受邀到现场观看牡丹峰乐团的演出，朝鲜百姓十分羡慕。10月10日朝鲜劳动党建党纪念演出，观众拿到了彩印的节目单，上印乐队成员简介，提琴手、鼓手、贝斯手、键盘手、萨克斯手，乐队队长鲜于香姬、乐队成员洪秀京、刘恩情、车英美、李尹姬等十一人，以及歌手金雪

牡丹峰乐团，2013年10月10日，朝鲜劳动党建党纪念日音乐会（朝中社照片）

庆祝朝鲜劳动党成立七十周年，2015年10月19日金正恩偕夫人李雪主观看青峰乐团演出（朝中社照片）

美、柳真雅、朴善香等七人。

朝鲜的音乐会是一个净化灵魂、带给人以纯粹音乐世界的所在，听牡丹峰乐团音乐会，总有这种感触。"先军时代"朝鲜的每一寸肌肤，每一分渴望，都是热情歌颂领袖，强调军民一心保卫祖国、奉献青春。

"她们都是精挑细选出来的，个个美若天仙，实力不凡。"餐厅里，朝鲜百姓边看演出录像边议论。演员中年龄最小的柳真雅，成为首位获得"人民艺术家"称号的牡丹峰乐团歌手，"成就和贡献不在年纪大小，她的确唱得最好！"

牡丹峰音乐团的音乐名媛，大多毕业于平壤金元均音乐大学。它在朝鲜闻名遐迩，被誉为朝鲜艺术家的摇篮。金元均音乐大学与绫罗岛上的五一体育场隔江而望，我带着猎奇的心态走进这座音乐百花园。

牡丹峰乐团演出

我的平壤故事

牡丹峰乐团演出（朝中社照片）　　　　　　　　牡丹峰乐团在演出（朝中社照片）

据介绍，从音乐大学走出的学生，许多在国际比赛上得金奖后获得"英才"和"功勋艺术家"的称号，成为朝鲜国家音乐的主力军。其中，有的学生会加入朝鲜著名音乐团，如牡丹峰乐团、银河交响乐团、万寿台艺术团、国立交响乐团（按新成立时间排序）等，有的甚至会荣幸地获得艺术团青睐，在校期间"受托委培"，按照某歌剧主人公的声音条件和形象特点，量身打造培养。

在朝鲜，以人名命名的大学并不多，除了最著名的金日成综合大学外，还有以金日成父亲名字命名的金亨稷师范大学和以朝鲜开国元勋金策的名字命名的金策工业大学等。音乐大学于2006年重建时改名为平壤金元均音乐大学，以创作《金日成将军之歌》、朝鲜国歌《爱国歌》的著名作曲家金元均的名字命名，可见金元均作为音乐家在朝鲜人民心目中的地位。

来到外国歌剧课堂，学生们认真地在笔记本上记录下意大利语发音，跟随电脑原声高歌，十分投入。女生身着统一校服，白衬衫、藏蓝一步裙，略施淡妆更显气质夺人。男生们是白衬衫搭配红领带，神情坚毅、挺拔俊朗，

音乐大学声乐班学员在练习演唱《卖花姑娘》

音乐大学的女学生在练习

透出不逊于军人的英武豪迈。

音乐大学拥有音乐的圣洁与单纯的艺术之美。眼前这位陶醉在跳动飞扬音符中、与钢琴融为一体的少女，气场超过她的实际年龄。少女微闭双眼，丝毫没有被我们的到来打扰，全身舒展，双手弹跳于黑白琴键之上。弹指滑落间，听得出她是在同肖邦的《钢琴协奏曲》对话。

她的老师介绍说，这位名叫朴美英的学生，小小年纪就展露出了非同寻常的才华：美英在2012年5月第20届国际青少年肖邦钢琴大赛中获得特等奖，是迄今为止唯一获得该奖（第四小组(17—18岁)比赛）的亚洲人。一曲结束，朴美英眉眼间回归了十八岁少女的羞涩，恍然回到现实中的她，仿佛还沉浸在与音乐大师对话的余味中。

老师"告密"说，美英特别喜欢郎朗！"现在的孩子们啊，对郎朗可是着了迷。"朴美英腼腆地说，郎朗的演奏活泼灵性，但现在李云迪才是她的最爱。她说："李云迪的演奏中饱含着他自己对音乐的理解，充满了浓郁的中国味和肖邦味，有深度、有内涵。"

老师称美英天赋骄人，双手的先天条件非常好，领悟力超群。我问："所有天才汇聚一起比什么？什么更重要，是努力吗？"老师说："是系统科学的教育，金正日将军说：'教育事业是培养人才的重要事业。'我们会让任何一名有天赋的孩子得到最优秀的教育。"

如同每个人的音色不同一样，艺术熏陶下的个性化培养打破了大街上的"千人一面"。我久思不得其解的一道"难题"，在"牡丹花"的摇篮里似乎有了答案：平日里平壤街头惊艳出现、"天降仙女"级的气质美女，大概都是从这座艺术百花园走出去的吧。

● "生活再困难,也要有歌声鼓舞人心"

跟随学校外事办的文英杰老师来到教学主楼的"校史沿革馆",一面面展示在墙壁上的照片和图画,铺陈着这座艺术名校的成长和变迁:1949年3月1日朝鲜内阁决定创立平壤音乐大学,甚至在朝鲜战争期间,筹备工作也不曾间断。金正日将军说:"伟大领袖金日成在艰难时期大力组建的音乐大学,在朝鲜历史上史无前例,为国家音乐教育打下了坚实基础。"

身着朝鲜民族服装的学生在练习演奏民族乐器

朝鲜民族历来重视教育和艺术,作为这两者结合的高等教育基地平壤音乐大学,备受几代领导人的关爱和重视。金日成和金正日曾分别两次、三次视察音乐大学,并向学校赠送钢琴、电脑等各种乐器和先进教学设备。

朝鲜领导人究竟为何如此重视音乐教育?"生活再困难,也要以音乐和歌声来鼓舞人心。我们的革命开始于歌声,也将在歌声中前进。"文英杰老师讲话如唱歌般富有战斗激情,正应了朝鲜的那句现代名言:道路再艰险也要笑着走。"音乐政治把革命和艺术、政治和音乐融为一体,将有力推动强盛大国建设。"这是朝鲜号召民众投身于强盛大国的政治手段,通过音乐政治调动人民热情。

来到礼堂,约好了要见一位创作型教授。正在彩排节目的礼堂装潢

金星学院的学生在演唱

精致,有四百张座席的礼堂内只见学生不见老师。一位风度翩翩的中年男子迎面而来,满脸笑容。他就是歌剧《红楼梦》的主编曲尹锡冠(音译)教授。

尹教授醒目的"金正恩元帅"发型,打着发蜡,神采奕奕,体型颇有高音演唱家的范儿,臂弯处夹着一个皮包,看上去比实际的四十六岁年轻许多,见到我亲切握手。

"您的发型是为向金正恩同志看齐而理的吧?"

"啊哈,哪里哪里。我一直是这个发型哈。"尹教授爆发出爽朗的笑声。

交谈中,尹锡冠满怀深情地讲述了他如何从黄海南道的农民家庭,一步步经过里、郡、市、道的层层比赛,崭露头角,获得党和国家的培养。在以优异成绩向领袖汇报演出时,得到金正日将军的亲自指点。

"毕业后在领袖的特殊恩惠下,我边在学校当教授,边去乐团搞创作。将军说,教学和创作同样重要,这样应该相得益彰,互汲灵感。"尹教授谈起他和金正日将军的"私交",滔滔不绝,他对将军的每一次具体的指点都记得分外清楚。"将军给了我许多照顾,安排我去意大利留学,请专门的老师教我意大利语。在将军的亲自指点下,我担当了《红楼梦》、《梁祝》等歌剧的编曲。"

只有过一次在中国短暂逗留的尹教授表示,是将军对作品臻于完美的要求,让他不断地探索既能准确表达中国传统韵味、又彰显朝鲜特色的创新途径。"我们加入了中国二胡的元素,以及表达凄婉缠绵爱情的小提琴协奏"。尹教授的下一步计划是将中国的歌剧《白毛女》搬上舞台,他说:"这当然离不开中国朋友的意见和指点了。"

文英杰老师和我开玩笑道:"像我这样没有音乐天赋的人,却荣幸有机会和友好国家的记者打交道,让你们这些天才老师都教学生去吧!"文老师果然受熏染于艺术大学,一派"浪漫"作风,在场众人无不开怀大笑。

十、友谊塔下的约定

这是一场发生在平壤的"邂逅"。

2012年7月的一天,晚饭后,陪前来探亲的父母出门散步。我们登上使馆附近的中朝友谊塔,青松翠柏林中,有练习跆拳道的小伙子,路灯下背书的女孩,还有戴着草帽、蹲坐在半山腰上喝啤酒的汉子。

和朝鲜小朋友一起过国际"六一"儿童节

我和爸爸妈妈正聊天散步,见妈妈朝两个小男孩微笑地打起招呼,扭头对我说:"瞧,这两个小学生刚给我敬礼了呢。"妈妈指着从台阶上走下来的两个小男孩。俩人都胸前戴着红领巾,一蹦一跳的,见了我们停下脚,他们便弯腰敬礼。一个大眼睛双眼皮的小男孩看起来特别机灵,另外一个高个子看起来很是内秀。我开始同他们问好聊天。

瘦瘦机灵的小男孩姓崔,稍高点内秀的男孩姓金,他们很大方地

— 48 —

同我们聊天。妈妈作为老师，对学生自然是特别喜爱，妈妈让我当翻译，告诉他们自己是老师，很高兴认识两位朝鲜学生。

时间已近8点半，男孩子刚从金日成广场义务劳动放学回来。我问他们饿不饿。小男孩摇摇头，说："没事，不饿，习惯了。""那，回家晚饭吃什么呀？""妈妈做我喜欢吃的。""那不是回家还要等一阵子吗？""不会的，妈妈知道我喜欢吃什么。""那你喜欢吃什么呀？"小孩子说了一个我没有听说过的菜名。

从身边经过的朝鲜人回头打量着我们，单独和外国人对话的小男孩却没有太多戒备。爸爸提醒我时间差不多了，我心领神会，和他们说拜拜，"赶快回家吃饭吧。"

两个男孩礼貌地鞠躬道别，手牵手过了马路。

意外地，他们又穿过马路折回，走上前来对我说："请问你们明晚还来吗？"

"我们会来散步的。"

"那我们明晚还在这里见面好吗？"崔同学一双清澈的大眼睛看着我说。 我们约好明晚8点在这里见面。

两个小男孩蹦蹦跳跳地牵着手再次穿过马路去。

"朝鲜学生真大方，懂礼貌。真没想到还会折回来和我们约时间再见！"妈妈感慨地说。爸爸在一边故意酸溜溜地说："早知道阿姨和姐姐这么喜欢懂礼貌的小男孩，我小时候也会这样大方的。"

第二次赴约前，我和爸妈对将要聊什么内容做了讨论，觉得还是以妈妈作为老师的身份与学生对话，聊些学校话题最合适，我只做翻译，避免造成有记者介入的误会。

第二天，我们提前十分钟出去散步，快到友谊塔时，妈妈远远就望见两个小男孩蹲坐在台阶上朝我们招手。

"不好意思啊，你们等多久

来自全国各地的"红领巾"

了?"

"没多久,我们7点半到的。"原来两个小男孩已经在此等了半个小时。

崔同学没穿校服,也没戴红领巾。妈妈问怎么回事,他小声说,今天生病下午没去上课,到医院打针了。妈妈心疼地关心孩子的身体。"没事的,已经打了针,吃了药。"两个小男孩已经是中学二年级的学生了,十二岁,在附近的中学读书。崔同学说爸爸是军人。金同学说爸爸是医生。

"那崔同学看病可以找金同学的爸爸了哈。"我开玩笑说,"不用的,我们都是免费的。"崔同学给我解释着。

朝鲜百姓对他们享有的教育、医疗、住房三大社会主义福利非常骄傲,免费医疗,十二年制义务教育和国家提供住房,尽管整体水平不高,却平均平等。

妈妈问:"你们对中国了解吗?关于中国你们知道什么?"

"我们知道万里长城,喜欢中国的电影,喜欢成龙、甄子丹。"崔同学列举了一连串在朝鲜电视台每周六晚上播出的中国电影。

朝鲜的学校从初一开始学习写汉字,从初三开始开设中文课,最喜欢的课程有电脑课、英语课。电脑课上学习电脑操作和应用。

和朝鲜小学生在一起

"电脑能上网吗？"

"不能，不过我知道网络可以聊天。对吗？"

"如果你能上网的话，我们以后就可以网上联系了。"我说。

小男孩睁大了眼睛，很向往地看着我。

我担心他们肚子饿，将包里的牛肉干和奥利奥拿给他们。小男孩推说不饿不饿，好不容易才塞给他们，说是中国产的点心。他们才连连道谢，点头收下。

友谊塔下的聊天很开心，半小时不知不觉过去了，我们不舍地说再见。

"明天见！就这样，一直，继续。"金同学转回头，朝我摆手说。

"一直，继续……"妈妈回味地说。

回到家，爸爸开始策划我们的第三次"约会"。而这一次，他已经做了见最后一面的打算。我们还有别的事情要做，不可能这样"一直，继续"地约会下去，我们精心准备了一些小礼物，希望在见最后一面时送给他们留做纪念。

第三天，两个小朋友看着非常兴奋的。他们欢蹦乱跳地朝我们跑来。我问："今天有什么大事情吗？"话音刚落，他们异口同声地回答说："是啊，今天是伟大的金正恩同志被推选为元帅的大庆节日。"他们说，中午学校统一组织收听广播，在第一时间就得知了这令人振奋的消息。"我们齐声高喊着万岁，万岁，激动得眼泪都流出来了。"崔同学说得声情并茂，眼睛里闪着光。

妈妈拿出写好了赠言的笔记本："这笔记本是送给你们的临别纪念。我们下个月还会再来，你们可以写上我们分别期间的生活，想告诉我的话，等一个月后再见面时给我，我会带到中国，给我的学生看，让他们了解你们的生活。我们的学生对抗美援朝的故事了解很多。我也转达他们对你们的问候。好吗？"妈妈以老师的口吻，给她的两个朝鲜学生布置起"作业"来。

小男孩一脸不舍地接受了我们事先安排好的分别，收下临别礼物时，内秀不爱说话的金同学眼神里写满了遗憾。小男孩礼尚往来的意识很浓，再三说："我们不知道分别，没有准备礼物给你们。怎么办？"

"没关系，咱们约好，一个月以后再见！"

"8月15或16日，晚上7点半，在这见面！"小男孩又重复一遍。

可是生活总是有变数的，因家中有事，爸妈提前回国，而我又因公务15日无法赴约，将全部期待押在16日晚。

傍晚的天空火烧云漫天，友谊塔下，台阶上的我，穿着初见那天的衣服，左等右等，盯着马路口望眼欲穿。

练习跆拳道的小伙，路灯下背书的女孩，坐在山坡上私语的情侣……那个比平常喧嚣的十字路口，每一个"红领巾"的出现，都会惹得我睁大眼睛急切地辨认，不是，都不是……难道他们忘了吗？还是因为昨天等得太久，今天伤心不来了吗？

不会啊，我们说好了15日或16日中的一天一定要见面的。正是因为担心变数难测，才说了两天的见面时限。我心里琢磨着，昨天，8月15日是朝鲜的"光复日"，日本二战末签署投降书的日子，朝鲜群众也没有全民组织活动啊。而今天的"过节放假"气氛却让人摸不着头绪。

上午去光复百货兑换朝币就不开门，平壤市区街头，有身着传统民族服装的妇女，有戴着红领巾集体前进的大部队，人们手持正红、玫紫色花束，按照各自的路程，早早地来到指定地点，坐下待备。莫名的"节日"到了傍晚6点，以轰隆隆的军乐揭晓，全城百姓夹道相迎的，是征战伦敦凯旋的奥运英雄。

小男孩们是被组织到其他街道去参加活动了吗？会不会正赶往这里的路上？

我等到约9点，黯然离开。我们在友谊塔下的约定，不知来年能否兑现，期待重逢的一天，那时，两个男孩子已将日记本写满，告诉我他们的成长故事……

坐落在牡丹峰山脚下的中朝友谊塔。很遗憾，直到夜幕降临，也没能再见到那两位小朋友

十一、放生大同江

大同江，穿过平壤市区，日夜涌流，默默地诉说着朝鲜历史的辉煌和沧桑……

我时常在江堤漫步，独享江风宁静。看仓田街海市蜃楼般的绚烂光影，听绫罗公园里的笑语欢声。

8月的一天，我将"同同"在此放生。江岸上，牵手而坐的朝鲜恋人，看着我们所行的善事，报以安静的微笑。大同江上空，一朵黛紫色的云，犹如刚才用力奔跑的"同同"，一溜烟爬上天空朝我打招呼呢。

● **自由市场里的"准则"**

在平壤，外国人可以自由进出购物的集贸市场有那么几家，如位于使馆附近的大成市场、以高性价比海鲜广受欢迎的乐园市场等。面积有一个足球场大小的统一市场是平壤最大的集贸市场，曾有朝鲜人自豪地问中国顾客："你见过这么大的市场吗？这可是亚洲最大的（市场）。"逛一趟菜市场，可以窥见朝鲜百姓的日常生活。

爸爸妈妈暑假来朝探亲休假，我带他们坐地铁、乘公交，进朝鲜餐馆，体验市

集贸市场

爸爸提议到朝鲜最大的市场看看。我们驱车前往统一大街，门口整齐停放着一排排外国车。熟人相见，会彼此摇开车窗打招呼——这是每逢周末集体大采购的地方。

还未到5点开门时间，蹲在门口的营业员们，边手拿扇子扇风，边用脚护着新鲜的水果篮、包裹好的肉蛋，等待入场。门开了，先是售货员纷纷涌进，迅速来到自己固定的摊位前，从储藏柜里拿出货物：整只卤鸭熏鹅，待破冰开化的海鲜，朝鲜特色的虾酱、泡菜，各种叫也叫不上名字的海产品。

"姑娘，新鲜海鱼看看吧！"招揽声不绝于耳，却一直找不见传说中的美味——野生甲鱼的身影。打算向售货员问询，却总也想不起"甲鱼"的朝文怎么说，也搞不清楚他们叽喳反问的那些

水果摊

平壤街头的朝鲜百姓

单词里有没有"甲鱼"这个生僻词。"不是螃蟹，不是的。"我笨拙地比画了一个伸头的动作，对方终于明白，原来是"擦啦（甲鱼）"呀。几位相互帮忙照看摊位的"阿朱妈"中，一位迅速掏出手机，一边讲电话："快快，拿几只擦啦来！"一边跟我报价："要几个？大个儿的15万朝币，小个儿的10万。你们先逛着，十分钟以后就到。"

在摩肩接踵的人海中，我陪爸爸逛这个兼备集贸市场与百货商店于一体的综合市场，两层楼高的密集空间内，各类小家电、家饰、日用商品、服装等均有销售。

可以说，只要带够了朝币，几乎所有的东西都可以在这里置办齐全。卖家人手一只计算器，不会朝语也没关系，买卖都可用计算器谈价。这样高密度的环境下，朝鲜人或是外国人还是可以一眼辨别出来的，人群中我就轻易瞥见了几位大使馆的朋友。

再次回到摊位前，第一家左等右等不来，几个摊位之隔的另一位大妈招呼我过去，走上前来递过一只大布袋，大大小小的甲鱼一一探出头，活腾腾地扭着。身上随身带的朝币不够，又正好是两家抢生意，我开始公然地还价，最终以20万朝币两只大甲鱼成交。

"我朝币不够，要去拿美元换朝币呢。"一听说换钱，这位以"快"抢来生意的大妈，迅速伸手敏捷地拎起甲鱼，兴冲冲地赶在前面，我一路紧追，随她来到市场大门口二层的外汇兑换处。

"就在楼上了。"她停下脚步，让我上楼兑换。

我心里十分没底，早听说过好像不给外国人换朝币的事，果不其然，兑换处里面的朝鲜营业员透过小小的窗口，递给我一个眼色，明确传达出"外国人不换"的信息。无论我再怎样好声相求，对方都再不理会。无奈之下，我只好下楼去搬救兵。

"不行呢，不给外国人换钱，怎么办？"听罢，正要将甲鱼袋递到我手中的阿朱妈将手缩了回去，毅然摆摆手，脸上一抹醒悟似的愁云闪过。

"收我的美元不行吗？"

"不行，坚决不行。"她说完，当下转身，头也不回地消失掉了，背影里找不到遗憾，或是沮丧。

美元、朝币不一样都是钱吗？还没等我把话说完，她就那样不带商量地离开了。我想告诉她，其实可以拜托一名朝鲜顾客帮忙换钱的，再给他几千元零钱的报酬就是，这样你好我好大家好，想点小办法，又不违章犯法。

她当初想要卖出几只甲鱼的热切之心，在美元面前瞬间变成了纪律控的"铁石心肠"。

我和爸爸遗憾地再次折回海鲜摊点，第一家的大妈看见我们沮丧地空手返回，开始新一轮地热情推介，边让我看她家新送来的货，边试探地和我议价。"等我借来钱啊。"我在人群中找到几位中国朋友，将剩余的差额补齐，最终以19万的价格将两只擦啦得意入囊。

● 原来是甲鱼妈妈

爸爸亲自下厨烧制的红烧野生甲鱼，味道鲜美，裙边丰厚，蛋白胶质油而不腻，特别是一串串金黄色的小甲鱼蛋尤其香嫩，散发出一种不含任何添加剂的香。嗨，甲鱼果然大补，热性超大，晚饭过后我们三人纷纷嚷口渴，不停地抱着水杯喝水解"热"。如此热性，剩下的一只看来还是先养起来的好，留到下周末再开荤。

侥幸逃脱厄运的另一只，仿佛预感到"死期"在步步临近，老实巴交地纹丝不动。我将它放在盆里，担心太浅，倒扣一只盆在上做盖。它白天里毫无动静地装死，让人怀疑是否已憋死了，可到了晚上便开始不断地尝试向上爬，在光滑的塑料盆里越挫越勇，闹腾得将我从睡梦中吵醒。我起床，将盆端起放进浴缸，再压上厚厚的几本杂志。

它不吃不喝不见光地被关了五天后，我拿馍片和虾肉给它吃，还做好了小心翼翼怕被"饿死龟"咬手的提防，谁知它不食人间烟火，对吃食毫无兴趣。原本大大的龟壳也急剧消瘦下去，龟裙整个缩小了一圈。给它换水时，我惊呆了，天呐！无法相信眼前看到的——她竟生蛋了！

这是一只甲鱼妈妈，她身下卧了十只嫩黄色的甲鱼蛋！我朝爸妈呼喊着生命的奇迹，大自然难以置信的生命力啊！眼看着甲鱼妈妈生的十只蛋，我不禁好奇她的肚里又还有多少呢。前面吃掉的那只，肚里就有比葡萄串还多的小蛋。

我们顿生慈悲，经过一番合计，决定把她放掉，这样一来，肚里如串的小蛋明年就会变成一只只小甲鱼了。

"她已经不是一只普通的甲鱼了，她是甲鱼妈妈！那天你也看到她生蛋了，她肚子里一定还有很多

生蛋了

呢。绝不可能再吃她了。生命总让人生起悲悯。"

周末前往妙香山，哪知爸爸悄悄将甲鱼妈妈带上了车。"看看，你都同我们一起远行来到妙香山了！"我萌生出一种感动，给她起名"妙小香"。

●"妙小香"变身"同同"

妙香山虽美如仙境，但往来游客之多，也让我们心存不安。恐怕前脚将甲鱼放生，后脚他们就遭捕。驱车到山脚，按计划我们要先去趟国际友谊展览馆采访。我们的朝鲜陪同银星先去香山宾馆订中餐，爸爸下车，把袋子交给她，嘱咐她说，如果山下有合适放生的地方，就把她给放了吧。

登山的路途，变成了为妙小香找家的寻寻觅觅。哪里有适合她安家的水域呢？瀑布飞流纵然壮丽，可惜水至清则无鱼，清澈的妙香山看起来连鱼虾都没有，担心妙小香找不到吃食而饿死。犹豫再三，还是没下得了狠心将她放归山间。

银星这才知道隐情，惊奇地拎着妙小香："为什么放生呢？"

"是我们在统一市场买的甲鱼，看她生蛋了，不忍心吃。想给她找个有名有分的家。"我认真地告诉银星。

她竟和我开玩笑说："放心吧，等你回来了餐桌上一定有只甲鱼。"

我伸出去的手当即缩了回来，嚷道："那可不行！不给你了。"

银星笑我把笑话当真，拍拍我的肩，将妙小香接过拿在手里。"你放心好了，我一定不会动她一下的。等你们采访完毕，一定完璧归赵。"

享受了香山宾馆美味的野

妙香山

生红鱼和山野菜拌饭,我们带妙小香告别仙境,启程前往龙门大窟。

有意思的是,在朝鲜,同"龙门大窟"般类似于中国"龙门石窟"的地名还有不少,如黄海南道的"银川"、"延安"等地。巧就巧在洛阳龙门石窟也恰有座香山隔江而望。

来到寒冷窟穴的入口处,穿上讲解员递来的租借的冲锋衣,我们深入到地道。龙门大窟是石灰岩溶洞,由地下水长期对石灰岩的溶解、溶蚀作用形成。石灰岩石笋千姿百态,我们观得到万物洞、观望台、丰收洞、白头山密营洞等几十个景点。

只听得"滴滴答答"的水声,逐渐渐渐沥沥,进而扑扑簌簌,行至溶洞瀑布,仰望从一线光隙中倾泻而下的雨帘,滴滴答答落在井口,深深坠入杳无声息的井底。

"要是把妙小香带来,今后她岂不能修炼千年,要变成龙门神龟了吗?"

我突发奇想,后悔没带小香入洞,这里绝对是无人打扰的神地哈。"再在她的壳上做个记号,哈哈,就永远不会丢了!"

返程路上,话题紧紧围绕妙小香,她被我期待成为潜心修炼、长生不老的千年龙门神龟;被我们臆想成游过鸭绿江,前往中国寻找救命恩人的报恩龟。

归程的晚霞美得惊艳壮阔,棉絮似的云朵漂浮在蓝天,西天坠坠而沉的柔和暖光冲出云朵,余晖普照。金色光束投映在蓝悠悠的河面上,金色波纹跳跃,云在水中,天河呼应。

"妙小香,你跟着我们一路游山玩水,晕不晕车啊。"十二个小时路途的颠簸后,晚上8点回到平壤,我们顾不上旅途疲惫,商量将妙小香于何处放生。

"还是大同江吧,从哪儿来到哪儿去。"

"那么,妙小香,还是给你改名叫'同同'吧。"

朝鲜农村一瞥

隔着大同江，遥望主体思想塔

　　车穿过金绫山洞，如降落伞降落的五一体育场，今晚看起来异常像只八爪章鱼。来到大同江畔的堤岸，同同似乎早已闻到江水的味道，一路上老实巴交的她一下有了力量，开始在袋子里蠢蠢欲动。或许是她听懂了一路上我们对她安放之处的讨论，早做好了回家的准备。

　　爸爸拿起袋子，轻轻将她缓放在江滩上，她小头伸出来，随即全部身子一纵，哗啦一下四肢拼命刨地爬向江水，"跐溜"一声，钻进泥水里，毫无眷恋、头也不回地消失在江水中。

　　"啊，她多么渴望自由啊！""唉，怎么和电视里演的不一样呢，也不回头留恋一下。"那一刻，一天来的揪心完全释放，就算是一只甲鱼也养出了"感情"的味道，此刻心头一丝不舍。看到她义无反顾地奔向自由江河的那一刻，我想起了五月天的《温柔》：爱你，就是给你给你，全部，全部自由。

十二、在平壤学骑俄罗斯大马

第一次在朝鲜骑上俄罗斯总统普京赠送的"高头大马",是2013年12月"张成泽事件"后的第二天。朝鲜外务省组织记者如期前往平壤市郊的美林骑马场采访。马场上,朝鲜群众或策马奔驰,或休闲喝茶,一切平静而惬意,全然觉察不到张成泽落马这磅政坛炸弹给朝鲜百姓生活带来了任何影响。

讲解员介绍说,金正恩元帅亲自指示把军用骑马训练场改为民用俱乐部,指出要让青少年和群众尽情地骑马锻炼身体,"元帅说,要使骑马运动成为一种风气。现在人们都用电脑处理日常事务,很容易患'办公室病',如果开展骑马运动,可以预防这种病。"

来到革命史迹教育室,这里展示着朝鲜三代领导人革命活动时期的骑马物品,可惜室内禁止拍照。照片墙上展示出1987年金正日在马场怀抱金正恩,以及1990年金正恩第一次骑马、金正恩和妹妹一起练习骑马的"绝密私照"。

聊天中,我借机询问讲解员如何看待张成泽落马事件。"有句朝鲜俗语说,一只脏狗也会弄浑大同江水。他辜负了元帅和人民的信任,应该绝不手软。"面对政治话题,朝鲜百姓总能回答得类似标准答案。

作为采访内容,我们免费体验了十分钟骑马。穿上俱乐部提供的专业骑马套装,我在名叫"蔷薇"的白马公主上颠簸了几圈,跟着驯马师小哥的指点,脚蹬马镫,数着节拍在马背上做"蹲起、落下"。但我却与马儿小跑的节奏步调错位,反作用力。

● "这马可打不得"

这座被朝鲜人称作"世界一流"的骑马俱乐部拥有室外跑道、室内训练场、知识普及室、疲劳恢复院等多种现代化设施。于此相应,骑马费用也不菲。对朝鲜人，按一人一小时10万朝币（市场价约合90元人民币）体验室内骑（俄罗斯）马，或8万朝币体验室外骑（朝鲜）马。而对外国人的收费标准则贵了许多，不分室内室外，每人36美元一小时。我在朝鲜常驻的第三个年头，业余爱好多了骑马这项"高大上"的运动。

若说驱车三个半小时前往江原道的马息岭学习滑雪不现实，开车仅十几分钟就到的骑马俱乐部，成了不少朝鲜有钱人和在朝外国人享受"社会主义荣华富贵"的近水楼台。

三月初春，天气渐暖，我约了蒙古和越南使馆的朋友，一起去骑马。这次邂逅的是匹名叫"毕璐峰"的白马王子。我走上前喂它吃胡萝卜，抚摸它的头，"拜托啦！"这些俄罗斯马俨然已训练有素，入乡随俗，还会给客人行点头鞠躬礼。

在美林骑马场学骑马（央视记者吕兴林摄）

一小时实践下来，我学会了自己牵马缰让马出发、直走、左右转弯、后退、停止。蒙古朋友颂是骑马高手，她直接选择了在室外跑道策马奔腾。最后二十分种，颂来到室内马场与我会和。这位蒙古女汉子，单手握马缰，双脚踢马肚，以一套惯用的蒙古骑马方式骑上温顺的俄罗斯马，惹得她的驯马师心疼连连，喊话让我翻译说："这马可打不得"。颂被束缚了手脚，一个劲朝我摇头皱眉。我骑在马背上和她的驯马师达成一致：由她去吧，按照蒙古马的骑法。只要马肯动爱跑，又何尝不可呢？

而我的驯马小哥则教我在拐弯和刹车时，配合惯性技巧以保持平衡，并一直鼓励说我悟性好学得快。听不得表扬的我这下来了热情，坚定了继续学下去的信念。

我的平壤故事

我找到马场负责人,说想成为俱乐部会员,申请给个优惠价。"好吧,虽然俱乐部还没组建,先给你打个内部优惠,打八折!"

● "骑马也会上瘾的"

一周后的三八"女神节",中国朝鲜商会邀请大使馆妇女活动小组集体骑马。使馆一位阿姨兴奋地骑上马背,开心笑谈:"在咱们国内还没享受过这般贵族待遇呢"。马场上,朝鲜小朋友大胆地坐上小马,在驯马师一手牵马一手拦腰地护送下,也欢快跳跃地跑了一圈又一圈。

拍骑马场,成了婚纱拍照的"标配"

这次训练我的小哥很大胆,第一圈摸清了我的水平后就大胆放手,让我一个人自驾小跑,他只尾随护送。这匹名叫"树荫"的灰白母马,性情温顺,让停就停,再次陡增了我的信心。而朋友们抓怕我独架缰绳的骑马照片,看起来还真有模有样。

由于俄罗斯马体格大,骑马时两腿分开的角度大,骑到后来大腿根部的疼痛开始隐隐发作。有经验的朝鲜骑手说:"运动的疲劳要靠运动来消除"——这理论和在打完壁球后"治疗"腰腿酸痛的方法——"继续打"如出一辙。"骑马是全身运动,从头到脚一刻不停。骑马也会上瘾的,一天不骑就浑身不舒服呢。"一位朝鲜女性和我分享她的学习经。

第二天是周日,我却起了大早,出门采访朝鲜五年一届的第13届最高人民会议代议员选举。完成报道后的晴朗午后,神奇发觉竟全然未觉上周骑马后的腰腿酸痛,"运动缓解说"似乎的确见效。

琢磨着当天最重要的报道既已完成,浑身痒痒地又跑去了马场。俱乐部大门外,执勤军人礼貌地拦下车说:今天是"选举日",不对外营业。但眼看着前面一辆朝鲜车被放行,我也报上家门。执勤军人点头让我稍等,拨通电话,向上级请示。稍后即摇旗放行,我也享受了把"特殊照顾"。

马场负责人看到我,一边亲切地握手道:"果然守约,会员来了!"一边拉我进入马场向我展示,"瞧,那个外国人骑得多好"。原来是捷克人戈兰,他已驾轻就熟地去了马鞍,自由驰骋了。

● 搭讪后的眼泪

"没想到如今在朝鲜,也能每周来骑马锻炼。"戈兰下马和我打招呼。还掏出手机,给我看他曾在世界各地绿茵场上的骑马照。法国男生罗宾说,他家农场养了十几匹马,小时候从马上摔下来过"上百次","摔下后要马上爬起来啊"!听得我有些心慌。

上周骑过的"毕璐峰"今天休息,负责人给我安排了另一匹白马王子"王在山"。我点了一周前给我鼓励的耐心教练指导。小跑几圈后,这节课尝试学习大步跑。有着六年骑马经验的教练小哥,教我

在美林骑马场学骑马

双手紧握马鞍，由他牵马，我以腰部之力顺马儿奔跑起伏的节奏将腰胯推送出去。

虽享受飞驰的自在，但大腿吃力紧，腿脚酸痛一阵阵袭来。教练让我停下，将脚从马镫上拿下放松，以双手抓住马耳朵做拉伸，仰卧躺在马背上做舒展。这时一个面熟的朝鲜男青年走近我，貌似每次都能看到他在练马，若有其事地走上前对我说："时间到了！"

"这么快？！"我问他现在几点，他看下表，指给我看"半点了"。"明明还有20分钟嘛！"真多管闲事，惹得人家心情顿时低落。本来就这么贵的消费，你还克扣我时间。

懒得费时和他去理论，转身驾起我的"王在山"跳跃前行，跑了两圈后我加码做快跑。"王在山"大约也感受到了我的郁闷或是看到前面有马挡路，一个急刹车。惯性驱使我上身直冲向前，我差点失去平衡跌倒，吓得我魂都散了。恐慌、心急、疼痛，一股股情绪全涌上来，只觉得头大眼痛，不可控地，竟吓出了眼泪。

我要求下马，不骑了。教练小哥关心我是不是吓到了，还读懂了我的心思，说："走，去找那人算账去。"要替我出头。我不想落得个人际关系紧张，说，"算了，等我走了你再教训他吧。""没问题，看我怎么收拾他！"教练小哥说。他劝我再骑一会儿。

惊吓加大腿乏力，我还是下了马。刚要走出马场，那个朝鲜男青年就追过来问我，"怎么不骑了，跟你开玩笑呢！""多管闲事。"

这时俱乐部负责人也来了，"听说吓哭了？别生气，朝鲜男生和你搭讪，逗你玩呢！"

"没关系，我今天累了。不过他搭讪水平真有待提高。"我破涕为笑道。

唉，朝鲜社会真的在发生变化。且不说游泳池里有人误以为我是朝鲜女孩，主动搭讪夸赞"游得好"的朝鲜男生，甚至会有人噗噗通通跳进我的泳道，奋力前行要和我一比高下。泳池女管理员看到后，一边维持秩序，请他们尽量避开"外国人泳道"，一边朝我眨眼说，"怎么办呢，是你游得太好了，男生都被你吸引了。"

唉，眨眼示好，从我身边走过的朝鲜男子竟然也朝我眨眼放电。

十三、古道秋黄·玉流夜雨

在平壤，习惯了一个人赏月，阴晴圆缺，三更有梦书当枕，千里怀人月在峰。我的心境敏感于自然界的四时变换。"柳京"古都平壤之春，樱粉梨白、千树万绿将这座花园城市装扮得生机勃勃；盛夏，踏上东海岸滨海城市元山，无污染的蔚蓝海岸，看朝鲜百姓沙滩嬉戏，在松涛园和侍中湖享受天然海浴；秋观雄伟壮丽的金刚山、妙香山的漫山红叶，走走停停，一木一花，穿一件朝鲜学生装彻底回到学生时代的简单，拥抱没有万头攒动的大自然。

● 古道秋黄

一轮晚秋日出，不动声色地正浩然天际。大同江日出，黛紫色天幕，一轮红日扶摇东升，天空层层缕缕地晕染开来橙赤蓝黛。边拍下日出全景的恢宏，边奢望可以在每个周末清晨，来到江边拍日出。日出日落再寻常不过，可真正懂得欣赏这壮美的人又有几多。

穿上朝鲜学生装，扮一次朝鲜姑娘

风起叶落，光晕水影，开城古道秋黄，白篱外伊人笑。飞檐将天际勾勒出灵巧轮廓，这里有丽江的古韵雅致，而且民俗旅馆商业气稀薄，古屋建得干净利落，宁静如荒村，走在这片厚重文明脚下最后的净土，我不觉担忧起朝鲜日后开放旅游后被消费的情景。内心深处，我奢望它"被喧嚣"的时刻，来得晚些，再晚些……

和闺密们去葡萄酒庄园凹造型的果味似乎尚余香在口，如今异国他乡只身一人，回想那次一起拍照的随性疯癫，好想再和姐妹们分享彼此转角邂逅的小浪漫。日后不知又会在怎样的场景，回忆起眼前这一幕恍若隔世的平静。岁月静好。

古寺旧石碑、表忠碑牌坊竖起的庭院里，茂密银杏叶洒落在石子白墙外，一地金黄银杏扇，绿草地黄了又枯，青松古树一挺千年。表忠碑对面，仅八米长的袖珍善竹桥，见证了朝鲜从高丽王朝到李氏朝鲜，血雨腥风的改朝换代。喜欢变化，却又膜拜永恒，我在不躲不藏兀自枯荣的庭院古木，觅嗅出亘古不变。

眼前的美景，是名胜，名胜并不总是人头攒动；置身这村落，是古迹，古迹被保护，却不被隔离；脚下寸寸古道，是历史，历史走进寻常百姓家，一切照旧。

竹影摇曳，枫叶红后，银杏黄，梧桐橙，我对四时的敏感，可以影响到每天的微妙心情。在这个慢节奏的国度生活久了，我开始重新找到了回归自然的细腻。开始细致地观察日出日落，感受鸟语花香。

银杏大道。穿上量身定做的朝服。朝鲜称作"裙子上衣"，韩国称作"韩服"

一汪净湖，秋叶落山径。享受秋阳下的烧烤。躺在草坪上仰望蓝天，闻着云朵中太阳温暖的味道混合着烤肉香，一片如其名"渔隐"似的山水田园，半天内实现了我关于秋高气爽的所有奢望。泛舟湖上，云影澄澈，低头拣拾松鼠最爱的松子，花浓枫红松果香。翻出最近半年的照片，我没有变，但是神情变了，眼神仿佛越来越简单，向朋友称：一个人也过得很好。

从开城回平壤的傍晚，我又幸运地目睹日落西山与月出东天齐晖的壮美。相机DV举在手中，凑在窗前拉近再拉近，镜头里，天蓝云淡，叶绿残红，一片迷蒙的红晕和硕大的红心落日，随车颠簸起舞。

回到平壤，顿觉回归了繁华城市。落日晚霞，沐浴在一片红云中的柳京大厦，发出金属质地的光泽。我一次次地陷入"不知今夕何夕"的神游感觉，只是耳边清静依然，安静地提醒着我依然身处这片净土。

● **玉流夜雨**

平壤的生活宛若流水，消逝倏忽一掠而过，不着痕迹。

一座城市，小女子一枚。在经历了多少风波，与这个国家的命运、人民的悲喜，同睡同醒多少个日日夜夜后，一场梅雨降临。纯净天地间，雾气迷蒙中，沾湿了肩，溅起雨点，黑夜白云飘忽不定，天际，闪烁霓虹。

一切变得灵动澄澈。落花人独立，微雨燕双飞。这句心头珍藏了十几年的词，至今依然伶仃在唇边逗留。"经过多少孤单从不需要你陪伴，才知道自己有多么勇敢"，"幸福过站不停，雨中掠过，把水花溅起来"，"分不清是泪是雨，注定分离的结局"。写雨的歌，多离愁别绪，雨泪模糊，于是雨中散步变得奇葩乖张，落雨时别人往家赶，我却蠢蠢欲动要冲出门撑伞漫步。

雨霁暂歇，玉流桥灯火较往日黯淡许多，倚栏杆处正恁凝愁？凡人多听雨怅然，我却闻雨即身心澄澈。大同江滔滔，漫步玉流桥，混迹在平壤市民花花绿绿的雨伞中，碧珠沾襟。

从玉流桥走到大同桥，在红色火炬的主体思想塔下，凭栏生烟，江水澹澹，人民大学习堂绿光映天，左右红光射空，云缭雾绕。身处城市却远离喧嚣，这个城市仿佛得到了上帝的眷顾，有意特许这片热土留下她兀自的坚持与纯净。

从不求有如我般爱雨的知己，却隐隐祈求上天恩赐一个愿意陪我体会这份美妙的机缘。江风飘，夜雨斜。想起四年前的首尔，那牵手漫步的情侣们；也记得盛夏骄阳闪烁，伊斯坦布尔那醉人的马尔马拉海峡，渡船上的我曾幻想着蓝色奇迹的继续……今日，同样是隔江相望，大同江畔红色火炬在云雾中涌动昭昭。整洁的江堤大道，独属于

百色秋潭

黄昏，冰封大同江

几对平壤恋人，他们同撑一把伞悠然漫步，没有多余的亲昵，轻轻地，融入无边氤氲……

若问闲情都几许，自在零丁落天涯。遥想城市里，躲闪疾驰车辆溅起泥点的人们，担忧淋一场酸雨，忧心忡忡于交通瘫痪、地铁变海，无奈，出租车计时器火箭速度秒杀荷包，泥泞、挨浇、落魄，天公不作美……这里，没有这些负面雨愁，我奢侈地完全拥有属于自己的时间，敞开心扉去体察，这场纯雨潇潇。

一些曾经那么美好的词汇，家书、蓑衣、剪烛夜话……逐渐消失于日常表达，不同年代的异域周遭里，夜雨中的我，肆无忌惮地饱尝生命回归自然。曾醒惊眠闻雨过，不觉迷路为花开。我找到了寂中作乐随遇而安的快乐。

依然可以怀有如此简单快乐的心境，霏霏细雨中，我为自己多年来保持的一颗童心而微笑，或许是我乐观的天性使然吧，雨停后，会观赏天边彩虹的美丽，即使是夜雨，也依然会有看不见的彩虹，在心里。

十四、外国人在朝鲜

"听,寂寞在唱歌,温柔的疯狂的……"在朝鲜的单身日子,工作之余的闲暇里,我学会了独处。难得周末午后,安然在家。从平壤商店买来的瓶装牛奶,朝鲜罐装山蜂蜜,混合雀巢咖啡,为自己调和一杯奶咖。换上薰衣草色的睡衣,偎在沙发里,拿起一本英文书,听一首 Kelly Clarkson 的《Stronger》。

直到有一天,我才发现,在朝鲜还有一个外国人的圈子,打开一扇窗,发现的是另一个世界。

在朝鲜的外国人中,中国和俄罗斯两国的使馆人员最多。两个使馆分别位于西平壤的中心地带,独立门户,而其他外国使馆均设在东平壤的使馆区。在朝鲜的外国人不多,相互间总有机会熟识,读书会、电影之夜、外语角、友谊酒吧舞会,成为我一个非宅女在朝鲜的社交圈集合。

● 周末的 Party

周五不眠夜,友谊酒吧外国人云集,轻松欢快的环境颇有点全球化的影子。使馆区里,和谐的邻里关系,见面告别都以亲脸颊示好,无论欧亚非,不分穆斯林基督徒。波兰大叔每次要亲脸三下,巴西女孩和我热烈拥抱,同非洲哥儿们文雅握手。我逐渐适应了所处小环境约定俗成的习惯,握手、拥抱、亲脸,仿佛一夜回到四五年前那个在土耳其的蓝色盛夏。

德国使馆隔周三都会举办一个小型晚餐会,来自德国、英国、法国、意大利、瑞典、西班牙、瑞士、埃及等国的朋友,在这里自由聊天,喝上两杯小酒,分享几张比萨,几只热狗。

在朝鲜常驻,人员流动性挺大,刚见过一面的朋友,过两天就要参

我的平壤故事

在外交团会馆印尼朋友的欢送会上，与来自印尼、中国、英国、波兰、瑞典、意大利、法国、德国、韩国、蒙古、越南等十几个国家的外国朋友

加他的欢送会，在欢送会上再认识新的朋友……在WFP（世界粮食组织）的办公大楼里，不分国籍，不论年龄，各种舞蹈各种曲风，大家会自带些酒水，彼此分享，吧台里热心公益的欧洲帅哥为你调制一杯鸡尾酒，舞池里卸下所有工作压力的"群魔乱舞"。那支拍手耸肩的扭臀舞，成为呼风唤雨、众人齐扭的"广场舞"。

在国内的许多Club里，各路人等鱼龙混杂，初次见面的寒暄都花在询问"国籍、工作、为什么来中国"之类无从考证的基本事实问题上。安全方面，"平壤之夜"倒是值得放心的：都是国际机构或NGO、驻朝使馆以及大型国企的工作者，相互间都是朋友。据说周五舞会每次都几乎开个通宵，而我总会乖乖地在午夜一点前做

外国朋友生日晚餐

— 70 —

第一个开溜的灰姑娘——周六还要继续战斗写急稿呢。

在这里，我认识了年纪相仿的法国女孩莱斯利，我们是"语伴"，她向我学中文，我跟她学法文；认识了到访过世界一百多个国家、颇具国际主义精神的古拉特，他拥有尊重民族特色的包容胸怀。谢谢可靠的印尼朋友诺万，他总是热情地告诉我每一个聚会的消息，来使馆接我同行。

2012年万圣节舞会过后一周，被大家亲切称作"泰迪熊"的法国朋友查尔斯连开两场送别会，在他家休闲地吃完早午餐，再驱车到许多人不曾到访过的庆兴餐厅共享日式晚餐。餐厅里预先将所有长条桌子拼凑在一起，呼啦一下子坐满了三十多位各国朋友，氛围之轻松愉悦，关系之融洽和谐，即使是在北京、上海、首尔，我也未尝体验过。

来自加拿大的英语老师克里斯汀聊起她在中国教英语的经历："那时，我在中国吉林省延吉教中国朝鲜族的人英语。"她的灰蓝色眼睛和笑容十分纯净，如果发现彼此气质相投的人，便会激动地分享来到朝鲜的经历，"那时（在延吉）起我就对朝鲜产生了浓厚的兴趣，想要有机会来看一看。"

克里斯汀供职的NGO总部设在中国，专为全球高校教授英语。跟其他常驻朝鲜的国际组织职员享受高薪不同，加拿大和朝鲜官方都不向他们支付薪水，他们要自筹来朝的经费。"作为一个基督教信徒，我对朝鲜这样一个国家充满了想要解读的兴趣。"她说，她教的朝鲜学生都很聪明，思维灵活，会好奇地向她和同事们询问外面的世界。

集体晚餐过后，全体大陆漂移一般移至友谊酒吧。我和来自德国、法国、蒙古、加拿大的几个女孩子，以及英国、俄罗斯、瑞典、埃及的男孩子，年龄相仿，聚在一起，舞池里即汇集了各种鼓点、舞姿。

● PIWA 春季义卖

2012年5月的一天，我陪大使夫人参加平壤国际妇女协会PIWA（Pyongyang International Women's Association）的活动，为大使夫人做翻译。PIWA作为在朝外国妇女组织，每年都会举办一次为朝鲜儿童捐赠的春季义卖活动。

我的平壤故事

陪同大使夫人来到东平壤第二使馆区的罗马尼亚大使官邸，使馆是西式建筑风格，蓝白色沙发交错摆设，厅堂轩敞，落地窗光线通透。来自俄罗斯、捷克、德国、越南、尼泊尔、印尼、马来西亚、巴勒斯坦、伊朗等使馆，以及UNICEF（联合国儿童基金会）、UNDP（联合国开发计划署）、WFP（世界粮食计划署）、WHO（世界卫生组织）、红十字会等各路国际组织的妇女代表纷纷到场。大家围坐一圈，罗马尼亚使馆的夫人们忙着给大家端上甜点、咖啡，各位代表操各路口音的英语作了自我介绍，可谓五光十色。

"每年一次的春季义卖，少不了大家的鼎力支持。根据去年的经验，我们希望在义卖现场，多做各国美食，这样的效果最好。"PIWA的组织方凯瑟琳主持说。而义卖会筹集的所有资金将捐赠给开城一家孤儿院。

我在朝鲜朋友圈的活跃者：左一是加拿大英语老师，右一、右二分别是在红十字会和UNDP工作的挪威和英国姑娘

义卖现场

几周后，我再次陪同大使夫人参加PIWA聚会。二次见面，已算旧识，相互间热情地打招呼。大家按地区分成小组讨论，讨论筹备东南亚展台、欧洲展台、非洲展台等，中国和俄罗斯使馆因为家大业大，独立门户。

进入微热的6月，盛夏的果实聚集在此。使馆动员妇女活动小组成员提早准备好食品、饰品，红红火火装点起中国展台。同身着旗袍的年轻外交官家属姐妹一道，我也站在展台前帮忙推销。中国义卖展台中，有各种中国风的饰品、食品、生活用品等。从粽子、沙琪玛、炸炸脆，到文具、雨具、青花瓷餐具，再到羽毛球、乒乓球……定价从0.5欧元到15欧元不等。外国友人络绎不绝地消费着他们从入口处买来的代金券，我们则收获着哗啦啦入账的满足感。

印度、尼泊尔的传统美食，俄罗斯的套娃，法国、罗马尼亚的甜点，国际组织联合张罗的书市和衣服淘宝。游走一圈，人们可遍尝各国美食，结识各路朋友。WFP 大理石大厅里，人头攒动，气氛热烈。作为在朝外国人最轻松随意的大集会，一场春季义卖，似乎沟通了朝鲜和世界。为了开城孤儿院一百三十个孩子的豆奶，每个人都作出了自己的一份贡献。

拍卖会俨然成为一个自娱自乐、自弹自唱的 Party，俄罗斯使馆五位大妈大叔弹唱欢歌，将气氛推向齐鼓掌打节拍的高潮。自己手中的寻常物件或许在别人眼里就是宝。拍卖环节，捐赠出来的拍卖品种，有伊朗地毯、朝鲜国画、民族特色服装，也有香奈儿香水、吉祥电话卡号。好笑的是，一位中资机构的朋友，以 130 欧元的竞拍价买到"一套茶具"，却被告知"其实是买了一次咖啡品尝券"。"请你来我家喝咖啡，这都是为了孩子们的奶粉嘛"。

繁华散去，最后清账捐款时，中国使馆以 728.5 欧元的骄人战绩，位列团体参与贡献第一。为开城孤儿院孩子的豆奶，我们尽了微薄之力。

● "春晚"的双语主持

一边是紧张的朝鲜核试窗口期，一边是春节倒计时。2013 年的春节前夕，中国大使馆文化处策划的春节庙会游园活动，近在眼前。使馆领导任命我来双语主持这场晚会，我的心情很复杂。

英朝双语主持，对我而言既是信任又是挑战。半岛形势急速紧张，本职工作的报道任务处在紧要关口，虽担心分散精力，我还是欣然领命。此时，恰逢首席记者回国休假，几天来，我白天全天盯机写稿，下午抽空跑去彩排，晚上熬夜背台词，其间再穿插着做总社电话连线，如机器人般连轴转不知疲倦。

角色转换，放手一搏，告诉自

主持中国大使馆的"欢乐春节"晚会。左二为时任中国驻朝大使刘洪才

己必须咬牙坚持下去，扛到联欢会结束的那一刻。

庙会游园当天中午，我和搭档赵老师最后一遍串词，给总社编辑部打电话报告，特将情况说明，请总社帮忙"盯机"。心里默念祈祷"千万不要在这期间有什么突发事件"，匆匆化好妆，随使馆大巴车前往大同江外交团会馆。

舞龙舞狮过后，朝鲜各界人士、各国驻朝使团和国际机构代表、中资机构和华侨代表，随刘洪才大使和夫人步入会馆一层宴会大厅，互相恭贺新春快乐。庙会游园现场年味十足，包饺子、工艺剪纸、写"福"字、捏泥人、十二生肖套圈等活动，全面而生动地展现了传统中国年的民俗风情。

"欢乐春节"进农村，中朝联欢

第一次做英语和朝鲜语双语主持人，我与搭档开始了整场联欢会的穿针引线。从嘉宾讲话、介绍活动环节、报节目、抽奖，每一环节我们都需把握时间，引领全场。还要边欣赏节目，边留神幸运抽奖。

太极扇、抖空竹表演，让各国来宾体验了一把中国春节的热闹年味。朝鲜姑娘身着民族服装用朝文、中文演唱歌曲《喜相逢》、《欢乐中国年》，使联欢会掀起小高潮。德国驻朝使馆的嘉宾说："以前只在电视上看过中国人过春节，没想到在朝鲜还能亲身感受到浓郁的中国文化，还自己动手包了饺子，十分难忘。"

朝鲜贸易省的代表说："第一次尝到逛庙会的趣味，就像西方冷餐会一样氛围轻松，中国春节和朝鲜春节的民俗有许多相似之处，但更具底蕴。"聊到当下紧张的朝鲜国内外形势，一位来自农场的朝鲜故友对我说："不知为何，倒是非常感谢中国大使馆，在这么紧张的时期，还能按原计划隆重举行春节庆祝，我内心觉得中朝友谊果然不会轻易被撼动啊。"他如此一说，我这段时间的所有压力都烟云消散了。为补充体力再战，被塞进嘴里的冷餐，也那么的可口温暖。

十五、朝鲜的 3G 网络

在朝鲜用手机刷微博、发微信，在 2013 年 1 月份还是"白日梦"，很快已成为活生生的现实。自 2013 年 2 月 25 日起，朝鲜开始向在平壤的外国人提供 3G 网络手机上网服务。

● 我成为朝鲜 3G 手机上网第一人

当天一大早，我和分社同事赶往高丽电信营业厅，持护照登记了 WCDMA 制式手机的识别码，并支付了 75 欧元（约合 617 元人民币）的入网申请费。在办理完相关手续后，"3G"字样随即出现在手机上面。

"恭喜你成为平壤 3G 手机上网第一人！"高丽电信的营业员拍手为我祝贺。

我于第一时间体验了用手机发微博，用微信给国内朋友留言，登录国内主流网站以及国外 Facebook、Twitter、YouTube 等网站，速度均较快捷。"亲们，我在平壤，正用手机上网喔！"

手机上网资费为，月租 10 欧元（1 欧元约合 8.2 元人民币），包含 50 兆流量，超出部分按每兆 0.15 欧元收取。由于月租流量有限，我决定以后尽量少浏览图片较多的网页，将有限的流量留给微博，以备工作之用。

身边的一些外国朋友表示，用 iphone 手机上网并没有障碍，但目前尚无法实现在朝鲜下载 APP Store 中的软件，进行版本升级。而安卓系统的手机，则需对网络设置中的接入点重新设置后，方可上网浏览。

同我一样，不少常驻朝鲜的外国人对可开通手机上网的好消息感到兴奋，但多数人认为"价格不合理"而决定暂不考虑开通。一名国际机构的法国人表示："费用高得离谱，我和朋友想以沉默让他们调低价位。"

我的平壤故事

对此，高丽电信公司的埃及技术人员说："你此前曾想象过带着自己的 iphone 在朝鲜上 Twitter 吗？"他对记者解释说，之所以价位高是由于朝鲜情况特殊，他们从运输器材到建设施工，再到与朝方洽谈，其中产生的费用"十分高昂"。

在 2008 年，朝鲜政府与埃及电信运营商奥斯康公司签署了为期四年的协议，致力于打造朝鲜的 3G 手机网络，该公司是朝鲜唯一的官方移动通信网络运营商。

高丽电信说，"高丽电信公司经过一年多的协商努力，才获得朝方安全部门对外国人开放手机上网的批准。"并称"这与谷歌团来访没有关联"。这是继 2013 年 1 月份朝鲜允许外国人携带手机入境后的又一开放动作。

高丽电信营业厅，办理 3G 上网

自 1 月 7 日起，来朝的外国人只需在海关填写一张登记单，即可携带手机进入朝鲜，但外国手机在朝鲜没有国际漫游信号，拨打国际长途电话必须购买高丽电信公司的 SIM 卡。向外国人提供的手机卡分为临时卡和长期卡，若想在朝鲜使用手机上网，必须购买长期卡，而长期卡仅向在朝停留时间超过两个月的外国人出售。此后，高丽电信又开通了对短期来朝游客的业务，入网资费同样为 75 欧元。

● **外国人和朝鲜人手机互相打不通**

在朝鲜一些大城市，人手一部手机是正常现象，在街道上、餐厅里、集贸市场，时常可以看到手持手机通话、低头忙着发短信的朝鲜人。朝鲜用户可通过手机登录内部朝文网站，观看《劳动新闻》，但由于内容与纸质版报纸内容大多一样，"采用手机上网看新闻"在朝鲜用户中并非很受欢迎。

在强调建设经济强国的同时，朝鲜十分重视科技强国，尤其是对电脑技术的重视。早在 1990 年朝鲜就成立了计算机中心，是国家资讯

"阿里郎"手机（新华社记者陆睿摄）

科技及信息技术产业的中心基地，目前是部级单位，由内阁直接管理。朝鲜中央电视台和每周末播出的万寿台电视台，也经常播出介绍国际科技最新成果的专题节目。

朝鲜国内已经建成了庞大的局域网"光明网"，朝鲜人可在"光明网"上聊天，发邮件和搜索查阅资料。但驻朝记者尚未亲见传说中的"光明网"的庐山真面目。

然而，朝鲜的互联网环境并不稳定，常常因遭到"黑客"攻击而被迫关闭自保。2013年6月，我感受到了长达半个月与世隔绝的断网，给工作带来了很大不便。朝鲜有关部门提前通知各驻使馆和国际机构说，由于遭到黑客攻击，平壤的宽带网服务将暂停一段时间。

曾有驻朝鲜的一些中国媒体被朝鲜电信部门要求"禁止使用路由器"，说"出事了"。一夜之间没收了所有住在宾馆里外国人的路由器。据了解，这是朝方因发现有朝鲜人"蹭网"而采取的措施。

两年来，朝鲜人使用的手机经历了迅速的手机更新换代，如今手机可谓十分普及，拍照、彩信、音乐等功能，便捷丰富了朝鲜人的娱乐生活。但朝鲜人的手机仍然无法上网，且和外国人无法互通电话。

目前，仅有在朝的外国人和少数因工作需要的朝鲜人能够登录互联网。只要支付高昂的上网费用（宽带一个月约为500欧元）就可以使用互联网，多数主流网站不受限制。

就在谷歌执行董事长施密特参观朝鲜电脑中心的第二天，2013年1月10日，朝鲜中央电视台报道了朝鲜自主研发的第三代平板电脑"三池渊"（朝鲜地名，位于两江道三渊池郡的天然湖泊）新上市，售价不菲，约在300美元左右。

我尝试了这款平板电脑的功能，桌面有文件处理、电子图书馆、电子词典、电影、音乐、游戏等图标，触感灵敏，但不能上互联网。当我问到什么时候可以联网时，该电脑设计工程师也只是笑而不答。由于无法联网，因此平板电脑的许多功能无法发挥，如果用户想安装新软件，还得跑回销售点让专业人士代为安装。

尽管朝鲜目前还无法普遍接入互联网，但我所接触到的朝鲜朋友对电脑、手机等新生事物都非常感兴趣，也很希望了解世界最新科技发展情况。近年来，由于朝鲜对外贸易逐步增多，一些公司也办理了自己的电子邮箱以便与客户取得联系，不过，在这里取得电子邮箱账户仍需经过层层审批。

● "我们也会开放网络吗？"

朝鲜人对上网是什么态度？其实，朝鲜从小学中学都开设了计算机课，他们了解互联网可以聊天、查资料等。

我在同朝鲜百姓聊天时，经常面临好奇的提问："美国谷歌公司来，到底都做了些什么呢？我们也会开放网络吗？"

当记者问及"有互联网好吗"的时候，朝鲜百姓会说"我们知道互联网可以方便生活，但也有许多不好的地方"、"或许我们的领导层正在思考如何规避互联网使用的弊端吧"、"听说可以网上购物，但网上也有很多不健康的东西，让人变坏，这些都是我们政府会考虑解决的吧"等等。朝鲜民众对互联网，就是这样认知的。

2013年下半年，平壤多了不少出租车，外国人也可打车了，和朋友见面喝咖啡、去餐厅吃饭、去健身房健身等打车可以前往，用外汇结算很方便。

"看吧，朝鲜会发生翻天覆地的变化，"朝鲜人会骄傲地对外国人说。

作为沟通谷歌来朝的"中间人"，平壤科技大学校长金镇庆对记者说，他们学校的精英，可"自由"使用互联网。

平壤科技大学成立于2010年，是朝韩合作创办的首座高等学府，也是朝鲜唯一的私立国际大学，被称为朝鲜IT人才的摇篮，该校教授来自于世界各国，全英文授课，开设信息技术、生命工程和国际贸易等课程。

后来我从平壤科技大学的外国教授那里了解到，他们可以上网的前提是"提前申请"，即教授提前申请，学生可在教授指导下，使用某一提前申请的国际互联网站查阅学习资料。

十六、朝鲜电影城的穿越之旅

● 当初与现在的朝鲜电影

这次,我爸妈来平壤探亲度假,自然聊到让他们60后难以忘怀的"朝鲜电影"。老爸以过来人的口吻对我说,在他小时候,看了很多朝鲜电影,《看不见的战线》、《摘苹果的时候》、《永生的战士》、《原形毕露》、《金姬和银姬的命运》、《战友》、《劳动家庭》、《南江村的妇女》,当然少不了"观众从头哭到尾"的《卖花姑娘》。"最有喜感的要数《鲜花盛开的村庄》。"老爸津津乐道,"给个帅哥介绍女友,拿出照片是个又白又胖的女孩子,帅哥不同意,他爸爸就做他的思想工作,'人家去年挣了六百工分啊,漂亮的脸蛋能长出大米吗?'"

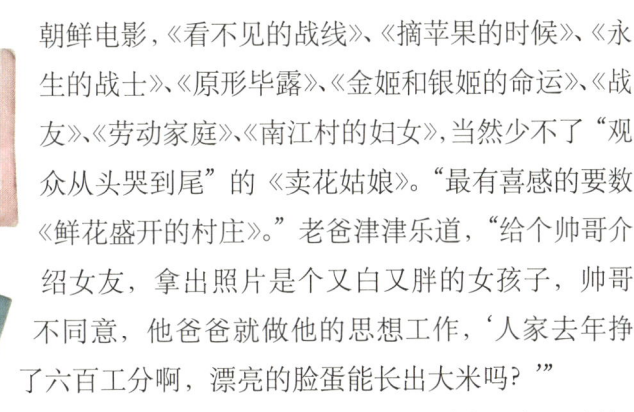

作为他们的后人,我无法复原父辈的记忆、感情,那个时代只属于他们。

老爸老妈的运气还真好,有缘在朝鲜旅游期间追忆当年。我们一家一起观看了朝鲜经典歌剧《卖花姑娘》,三个小时的演出,妈妈和我都感动得落泪。

近二三十年来,曾经的朝鲜电影逐渐淡出中国观众的视野,而现在的朝鲜人看什么电影,喜欢哪些演员,我们也不得而知,属于朝鲜人的"流行"风向,似乎难以捕捉……就在2012年9月的平壤国际电影节前,平壤市各大影院还一直挂着连映不衰的经典

歌剧《卖花姑娘》的演出

— 79 —

电影手绘海报。我同朝鲜人聊起他们喜欢看的新电影，人们往往还是提到《民族和命运》、《命令027》等早年的经典作品。这些电影常演常新，为一部电影去影院看三遍以上的，在当地人中也很常见。

2011年上映后获得一致好评的《夙愿》，讲述军人夫妻二人如何建功立业，分别实现了同金正日将军合影留念的愿望。《青春呦》歌颂年轻人如何挥洒汗水，为祖国贡献青春力量，是朝鲜最受欢迎的热播影片。

我想通过走进朝鲜经典电影的诞生地，来感受老电影诉说的岁月。朝鲜艺术电影制片厂，隐匿在平壤市郊绿树如盖的兄弟山区，今日的电影城已经成为回顾朝鲜电影发展史的"古迹"，三三两两的游客走在怀旧的时光巷里，完成一段追忆当年光影的穿越之旅。

电影城曲折小径中别有洞天，一百七十多幢建筑中，从高句丽（公元前37—公元668)到李氏朝鲜(1392—1910)的百姓草房、地主家的大瓦房、北部地区的原木房，到抗日时期的岗楼和游击队营地，各式楼宇鳞次栉比，飞檐翘首的歇山式传统建筑，讲述着古老的传说。据介绍，早期的朝鲜历史题材影片，如反映艺妓之女春香和富家公子李梦龙忠贞爱情的影片《春香传》、风格唯美的歌剧片《爱，我的爱》，都是在这条街拍摄的。

平壤电影城外景

然而，这座一度辉煌无比的电影城，如今已是荒烟蔓草、林木萋萋，山坡上竟然成了山羊的乐园，咩咩叫出一片世外桃源与世无争的恬淡。据了解，现在拍电影多是直接到现场，电影城更多地成为旅游观光之地。影视城里的每条摄影街都有专门的管理员，他们负责建筑的清扫和日常维护，也会应拍摄需要对建筑进行翻修。

朝鲜艺术电影制片厂综合科朴主任说："我们计划在近几年内展现朝鲜电影艺术的新面貌，实现从设备现代化到电影

平壤电影城门前，《七年之痒》的海报

— 80 —

内容与形式的革新，先军朝鲜的电影特色是体现'先军'时代人们的美德和精神。"据了解，该电影制片厂正在制作三部新影片，目前暂命名为《将他赶回去》、《山林里的回音》和《田野间的幸福》，分别讲述美国间谍潜入朝鲜、金正恩元帅对青年一代的关爱，以及金正日将军如何呕心沥血解决粮食问题的故事。

● 平壤国际电影节带来文化盛宴

两年一届的平壤国际电影节是平壤市民难得享受到的"文化盛宴"，2012年9月21日至27日，来自三十多个国家和地区的五十多个团体带来九十多部题材各异，别具特色的国际影片，成为金秋时节平壤的热门话题。

在平壤国际电影会馆、大同门电影院、东平壤大剧场、凯旋电影院等平壤市近十家影院，纷纷张贴"今日上映"的最新手绘海报。每个影院都设有售票窗口，票价从往常的200元朝币暴涨到5000元朝币。

游乐园里的3D电影院

谈及票价上涨原因，朝鲜电影进出口会社的吴社长说，朝鲜电影的主要功能是教育人们要为社会主义建设做奉献，与满足民众艺术需求相比，更多的在于教育功能，因而便宜，而电影节期间上映的外国影片"并不存在教育民众的目的"。

"往届电影节票价便宜，一人可以帮亲戚朋友购买多张，因而总是购票难，原以为这次票价上涨该不好买了，哪料到影院依然是座无虚席，场场爆满。"一个在大同门电影院排队买票的朝鲜人说。电影院门口"清凉饮料"冷饮店周围，有人坐着，有人站着，一些年轻人干脆坐在草地上，喝啤酒吃烧烤，等候入场。

平日里，街头写有"牡丹"字样的DVD影碟出售亭前，时常可以

看到买碟的人络绎不绝。窗口上写着最新热卖的朝鲜歌曲、中国内地和香港电影电视剧，以及俄罗斯和古巴影片，中国电视剧《毛岸英》《任长霞》《惊天阴谋》，以及成龙、甄子丹的功夫片在朝鲜家喻户晓。朝鲜中央电视台日前热播的电视剧《惩罚》，朝鲜电影《白玉》《夙愿》《没有破不了的档案》，位列

朝鲜的电影光碟

DVD 畅销榜首位。售价从 3000 元到 6000 元朝币不等。

但 DVD 和 5000 元朝币一张的电影票都不对外国人出售，外国人若想观影，需前往设在羊角岛酒店内的唯一对外售票点，票价为 5 美元。

发生变化的不仅是票价，本届国际电影节的开幕式，也展现出朝鲜逐步与国际接轨的趋势。身着传统民族服装的朝语主持人，搭配穿斜肩桃红短裙的英语主持人，主持词一改此前的规整的程式化，轻松自然。大型 LED 屏幕呈现多媒体制作的新技术，致辞者不再是从后排而是从观众席中起身，走上 T 型舞台，形式活泼多样。

朝鲜首次同外国合拍的两部电影，中朝合拍电影《平壤之约》和朝英合拍电影《飞吧，金同志》，作为本届电影节的一大特色，展现了朝鲜电影同外国合作的大胆尝试，为朝鲜电影对外交流合作开启了一扇窗口，受到朝鲜国内外关注。

● **中朝的首部合拍片**

《平壤之约》影片首映式后，在场的中国观众说，时隔多年又一次看到了朝鲜电影，感觉格外亲切，唤起了他们 60 后重温当年岁月的温

故情怀。

影片《平壤之约》讲述了舞蹈家王晓楠在民族舞蹈大会表演朝鲜民族舞时意外失利，始终难以领悟朝鲜舞真谛的她，在沮丧迷茫之际接受奶奶的安排和托付，随交流团前往平壤学习的故事。影片以朝鲜舞为主线，将王晓楠在朝鲜同朝鲜大型团体操艺术表演《阿里郎》总编舞金银顺之间的故事娓娓道来。同时，以寻找老照片中奶奶在抗美援朝时的战友秀美为辅线，将老一辈的革命友谊编织贯穿入戏，绵延开来。

作为中朝首部合拍电影，影片从剧本、导演到主演和摄影均由中朝两国共同协商合作完成。中朝合拍电影的创意源自李水合，人称"李厂长"的北京九州中原数字电影院线总经理。这是他第十次来朝鲜，2006年他第一次参加平壤电影节时发现，朝鲜人非常喜欢看中国电视剧，而中国人对朝鲜电影有着浓厚的怀旧情结。李水合说，他曾多次见到电影《卖花姑娘》的女主角洪英姬等朝鲜演员，正是在与他们的交流中，萌发了中朝合拍电影的创意。"由于是先商定好合拍意向后'炮制'剧本，剧本内容前后修改了无数次。"

李水合回忆剧本问世过程时表示，剧本是一改再改，以至于没有一个编剧可以说剧本是他写的，因为前后换了十多个编剧。朝鲜几十年来首度和外国合作拍摄电影，他们"不了解、不适应、不放心"是很自然的。

写剧本的过程也是中朝创作人员交流磨合并达成默契的过程。李水合说，朝方人员到北京看到北京繁华的夜景后也改变了初始想法，要求加上当初坚决不让拍的平壤夜景。在朝鲜放映的版本里，加入了几秒"万寿台仓田街"夜景的画面——这处新建成的平壤市中心的商业区也展现了朝鲜正在发生的变化。

"有了这第一部的突破，今后再合作就会容易多了。"首映结束后，朝方电影局的负责同志说，"你们今后想拍哪里，就拍哪里。"李总告诉我，他已经接到了朝打算启动中朝俄三国合拍电影的剧本，"首部合拍是建立互信的过程，朝方从不了解、不适应、不放心，到现在建立起互信。对今后的继续合作充满信心。"

一个"首部"诞生的背后，凝聚了几多艰辛。对一部合拍电影，不可能奢求完美。它诞生的意义在于：让年轻一代去了解和体会邻国的现实，也让 60 后走进影院怀旧当年。朝鲜文化省副相朴春南在首映式上致辞说，《平壤之约》将成为两国电影合作的突破口，为促进中朝友谊世代传承发展贡献力量。

在首映式结束后，我找到朝鲜编剧金春元。他介绍说，在同中国编剧一起讨论剧本的过程中，开始还颇为担心想法不同，后来逐渐发现中国的编剧的想法也同他一样，希望把朝鲜的自然美和淳朴的民风传递给大家。金春元是位作家，是朝方更换的第二个编剧，他强调说，由于创作时间所限，对作品还有一些小小的遗憾，希望有机会再创作出令中朝观众更喜爱的作品。

朝方没有安排采访。观影结束后，人员四处散去。我从人群中追上正要从侧门离开的朝鲜导演金玄哲，喊出他的名字，自报家门，在没有陪同跟随的情况下，开门见山直接和他聊起来。

金玄哲表示希望日后能执导更多中朝合作的影片。"就个人而言，想拍体现中朝两国少女情怀的影片，人们对真善美的追求是相通的；也有拍关于中国武术和朝鲜跆拳道故事的想法。如果有机会到北京拍摄，拍朝鲜人在北京的生活，那当然更好不过了。"金玄哲面对记者采访，坦诚道来，不时流露出他个人的想法，显得与众不同。

采访不到五分钟，朝方剧组人员开始催促导演离开。按照采访惯例，通常会和采访对象合影留念，我也不管正在朝我走来的是谁，直接上前拜托帮我同金导演合张影。金导演非常配合地摆好造型，咔咔咔咔，我俩朝着午后阳光的眼睛都眯成了一条缝。

万万没料到，两个月后的一天，我陪探亲的父母上街，竟在一家餐厅同金导演偶遇！我进门，愣了一下，觉得眼前这人好眼熟，几乎同时金导演也认出了我，朝我微笑点头。我走上前去，同金导演握手打招呼。简单聊了几句后，他说：他"啊，真是巧，我明天去北京参加首映式。"便匆匆道别离开。

还在想着和他聊朝鲜电影的老爸，一脸遗憾。

下部——朝鲜深度游

一、"向着最后的胜利前进"

几场傍晚春雨、清晨飘雪过后，春寒料峭在4月上旬戛然而止。平壤街头，被许多身着鲜亮朝鲜传统礼服的姑娘装点一新。

对朝鲜而言，2012年的春天是"大庆之春"。4月15日"太阳节"，是朝鲜已故国家主席金日成百年诞辰纪念日，亦是朝鲜开启"强盛大国"之门、年轻领导人金正恩接班以来的第一个春天。

大事件之外，镜头里朝鲜人的生活画面，是无法抹去的真实存在。阅兵式步履铿锵之后的军民欢庆、外国人纷纷加入朝鲜式广场舞的斗志昂扬、承载着大喜悦大愤慨

平壤市内随处可见的宣传画和标语

的金日成广场上的变与不变，在我的镜头和记忆中，成为主旋律外的动听插曲。

● "太阳节"，大庆之春

"太阳节"节日里的欢庆氛围，无不弥漫在朝鲜各地。节前一周，平壤的街边巷里，都悬挂上了崭新的朝鲜国旗。最具鲜明朝鲜特色的标语和宣传画也在逐日翻新并增多。平壤市街头巷尾随处可见庆祝宣传画和标语："热烈迎接党和国家大庆事——朝鲜劳动党代表会议召开"、"团结一心"、"按我们的方式"、"思想观念、斗争气节、生活方式，全部按'先军'要求"等。

"战斗场上"（朝鲜语，"施工工地"）红火地开展着生产建设，以军人、

— 87 —

工人为主力,也有学生前来帮工。"战斗场上"的标语写得意气风发:"一鼓作气"、"高举新世纪产业革命旗帜,向最尖端突破战前进"。

走在平壤的大街小巷,无论早晚,总能看到有学生、妇女,还有老人、儿童在植树种花。大家脱了外套,蹲在地上,用手小心地拍打固实泥土,抚弄花籽,"人人都为节日之乐而忙着",朝鲜民众这样说。

从3月下旬起,平壤各大广场就经常人流如织。各个年龄段的女性身着传统朝鲜礼裙,参加各类群众集会活动。她们中有的举着粉色、红色的花束,有的背着红旗,在革命歌曲伴奏下进行排练。去商店买东西,发现不少柜台的售货员都不见了踪影,一问才知道是"参加活动、学习去了"。

"4月买衣服、扯布料做礼服的特别多,赶上国家大庆典,好多人挑这春暖花开的好日子结婚。"卖衣服的朝鲜大婶对我说。统一市场等集贸市场上人头攒动,前来购物的民众人数较平时有明显增加。

● 大阅兵,朝鲜进入金正恩时代

2012年4月15日这天,金日成广场,掌声与"万岁"声响彻云霄,随着"一号欢迎曲"奏响,朝鲜最高领导人金正恩出现在主席台,广场上欢呼"万岁"的声音和掌声雷鸣般响起。代表阅兵开始的号声响彻全场,军乐队奏响《金日成将军之歌》、《金正日将军之歌》,现场鸣放二十一响礼炮。

谁都没有料到,在刚刚被推举为朝鲜劳动党第一书记、国防委员会第一委员长三天之后,金正恩作为朝鲜最高领导人,首次且在众多世界媒体记者面前做了长达二十分钟的公开演讲。

以往,朝鲜最高领导人很少做公开演讲,朝鲜电视台在播放最高领导人视察等活动时也不播放领导人的讲话,而是配以音乐。

此次演讲,被视为是金正恩的施政演说,朝鲜自此正式进入金正恩时代。

金正恩表示,朝鲜现在正处于重大的历史时刻。朝鲜要永远坚持伟大领袖开创的"自主、先军、社会主义的道路",争取新的胜利。他号召人民军永远跟随劳动党中央,遵循金正日的遗训,团结一心,以不败的信念，进行强盛国家建设，并发誓将"按照金正日的遗训在祖国和革命面前尽到一切责任"。

金正恩郑重承诺，"保证不再让朝鲜人民过紧勒裤腰带的日子，确保人民享受社会主义繁荣富强"。最后，以一句"向着最后的胜利前进"结尾，金正恩挥舞手臂做了一个坚定的手势。话音刚落，广场爆发出雷鸣般的掌声，群众欢呼"万岁"，掌声持久不息。

嘹亮歌声中，阅兵式正式开始。在《领袖永远和我们在一起》、《将军将作为太阳而永生》等乐曲声中，护卫着金日成、金正日"太阳像"的朝鲜人民军旗队手举朝鲜劳动党旗、最高司令官旗、军旗等进入广场。

人民军陆海空三军、工农赤卫队及红色青年近卫队方阵，陆续登场。受检方阵首先以一个齐刷刷的高踢腿开头，踢腿高度基本齐腰，双腿交换期间基本处于腾空状态。骑兵纵队成员身披白色斗篷，左手扶鞍，右手握枪，通过主席台。据统计，当天阅兵式中受检方阵共一百个，象征着金日成一百周年诞辰。其中徒步方阵四十个，装备方阵六十个。

阅兵过程中，火箭炮、自走炮、主战坦克、无人机、导弹等装备方阵陆续通过主席台，接受检阅。而装备方阵的最后是六架涂成迷彩色的大型导弹，导弹直径两米，长将近二十米。

伴着五架米格—29战斗机冲上云霄拉出五彩，金正恩绕主席台一周，向现场各界群众挥手致意。广场上的群众持续不间断地高呼着"金正恩"，很多人跳起来欢呼鼓掌。

阅兵式过后，阅兵车辆通过市内主要大街，受到沿途朝鲜群众的夹道欢迎。"太阳节"热潮从阅兵式的豪迈，推向街头巷里的群众欢呼和载歌载舞。

大阅兵后，平壤市民向人民军坦克部队热烈欢呼

学生乐队奏响昂扬的军乐，身着节日盛装的女孩子热情歌舞。街道两侧，身穿蓝白相间校服的中学生们手持花束，欢迎参加阅兵式的海陆空三军。

我的平壤故事

阅兵式后，平壤市民夹道欢迎子弟兵　　　　　　　军车上的人民军向群众挥手致意

军车一辆辆开过，军民相见如亲人的画面一遍遍上演，我镜头里连拍的瞬间，一张张生动的脸庞呼之欲出。能亲眼见到朝鲜人民拥军、军人保家卫国无上光荣的场景，记录下如他们所说的"仿佛看到强盛大国来临的那一天"，刹那间，我似乎读懂了先军在朝鲜人民生活里的重量与浓度。

● 焰火晚会、广场舞

为宣传金日成诞辰一百周年"太阳节"庆典，展现卫星发射的透明度，朝鲜罕见地邀请了来自全球三十多家主流媒体两百多名记者，密集组织一系列参观采访活动，在紧张局势中分出神来报道朝鲜人民的政治生活。

4月15日晚，大同江畔，一场焰火晚会即将上演。晚会开始前两三个小时，人们已早早来到江边等待。平常难以近距离接触朝鲜百姓的外国记者，见到堤坝上身着盛装、席地而坐的群众队伍，个个"如狼似虎"般，以拍不到、采不到绝不罢休的韧性，才不管朝鲜陪同人员的千般劝万般拦，纷纷攀爬上堤岸，要与普通百姓来个近距离接触。

不知是哪家媒体想出妙招，将长长的话筒高高吊起，伸向人群。话筒缓缓落下，恰好凑近一位中年男子，人群中爆发出鼓励祝贺的掌声，他大方起身，却也略微紧张地跳下看台，话筒正伸在他面前。接二连三地，媒体纷纷以"话筒钓鱼"式的方法"钓"上朝鲜老百姓，一位位姑娘、小伙儿走下一米来高的河堤看台，或扭捏或激动地，在外国媒体记者的镜头前，慷慨讲演。

夜幕低垂，远处阵阵歌声响起，不知是谁先起了个调，坐等的人们陆续全都融入和声，一首接一首，像经过排练般整齐，歌声愈加洪亮，和着拍手节拍，大伙乐呵呵地朝镜头欢笑，摁下快的门咔、咔声响作一片。

人群中，一位穿着绒布礼服的朝鲜老奶奶站起身，开始尽兴独舞，耸肩膀、翻花腕的一招一式，都那么抖擞矍铄。人们赞赏地为她鼓掌，

大同江焰火

一位外国记者高声赞叹：Wow, this is amazing, so incredible！（哇喔，这简直太棒了，神奇极了！）

当绚烂的焰火腾空而起，光火普照天际，大同江对岸，主体思想塔的火炬在蓝紫色的天空下熊熊燃烧。四十分钟的焰火表演，寄寓了朝鲜人民期待新"主体"百年繁荣的憧憬。

第二天上午采访回来，我匆匆扒了几口饭，接到通知说下午1点集合。例行安检花了两个小时，下午马不停蹄地拍拍记记。活动结束后，朝方陪同说将直接前往金日成广场参加舞会。

"从来都是上了车才知道去哪儿，结束后才知道下面的行程。"外国记者们开始议论，"没有晚饭安排，也不给留点时间自行解决哈。"嘴上

虽这么说，却没有一人偷懒，下车后即争先恐后地突进，以占据最有利地形和机位，架好机器等待目睹传说中的朝鲜舞会是何模样。

等待中，塔斯社的记者尤里大叔同我聊天："几十年的画像突然被摘掉，挺有意思的。"没错，我也注意到近来广场上马克思和列宁的画像已被摘下，仅留有广场一侧的金日成画像。而此后经过半年的装修，广场主席台上正式树立起了金日成和金正日的"太阳像"，朝鲜提出在社会方方面面以"金日成金正日思想"武装全党全军全民的新口号。

晚上7点半左右，在《金日成将军之歌》乐曲声中，大同江岸畔焰火腾空而起，数万青年男女组成的五彩人潮从广场四周蹁跹飘临，瞬间拼出不同队形，欢快地跳起集体舞。男生身穿白衬衫系红领带，女孩子各色鲜艳华丽的传统服装，跟随歌唱金正恩之歌《脚步》的音乐，变换不同的舞步。簇簇簇，簇簇簇……游船在大同江上悠闲往来，夜空中，不断绽放的绚丽礼花与江水倒映的光影交相辉映。

他们一曲一曲地跳下去，时间仿佛为他们而静而止，又为他们且流且动，不断变换脚步、招手、跳跃、挽腕、耸肩，整齐划一，挥洒自如又不露雕琢痕迹。广场中央搭建的舞台上，职业歌舞杂技纵然精彩，可吸引我目光的是这浩大的群众派对，细微到每一个个体分子。

看国内晚会，常常给人一种演给观众看的做作，仿佛歌舞的意义在于取悦别人而非自我沉醉。此前误以为凡"大"者，必与"空"相连，怕看到盛大台面聚焦处一张张空洞苍白的脸，怕宏大绚烂图景后实则是泯灭个人快乐、无视单体感情的集体主义弊端。眼前情景，纠正了我的认知，令我产生了急不可待地想要加入其中的感动。

逐渐开始有观众走下看台，外国使节、记者、游客纷纷加入派对，原先一组组舞伴解散，朝鲜青年男女主动牵起外国朋友的手，边唱歌边喊口号，开火车钻山洞、大圆套小圆，外国朋友跟着一起来，转圈、起跳、搭肩、振臂、反方向……外国记者惊叹："啊，这才是朝鲜的活力与风情！"

● "我们式"变革

2013年辞旧迎新之际，朝鲜人民几乎没想到：2012年12月31日夜里11点许，正当电视机前的朝鲜老百姓准备关掉电视机休息时，突然发现平日晚间电视节目已经结束的电视台即将直播一场盛大的焰火表演；2013年1月1日，正当人们打算上街买报纸，一睹三大主流报纸的元旦联合社论时，朝鲜最高领导人金正恩出现在电视上，通过电视和广播向全体人民致以元旦致辞。

最高领导人元旦致辞这种形式，秉承了金日成主席生前一直延续的习惯，而金正恩在致辞中提出"2013是朝鲜创造、变革之年"，强调要在建设经济强国和提高人民生活水平方面实现决定性转折，更是引起了外界的普遍关注。

金正恩志在将朝鲜建设成为"经济强国"，确保人民享受社会主义的富贵荣华，而其建设经济强国的方式，是朝鲜式的。如他强调说，朝鲜党和人民前进的道路不会改变，只有一条"主体"的道路，朝鲜将以"我们式、金正日将军的方式"建设社会主义强盛国家。在措辞上，朝鲜人使用"变革"、"革新"却不用"改革"、"变化"，"变革"的英文，由朝中社翻译为"Change"，不是"Reform"，与"Change"对应的朝语，朝鲜人从不用"变化"一词。

街头标语："向着最后的胜利！" "高举新世纪产业革命的旗帜，向着最尖端突破战前进"。

2013年5月初新建开业的海棠花馆，成为平壤集购物、餐饮、健身、洗浴、按摩、美容等项目于一体的"消费圣地"。按摩30美元、游泳15美元、汗蒸5美元，价位比其他地方贵出50%。

比起海棠花的高消费，街对面的柳京苑的价位更大众惠民：桑拿5000朝元（按市场汇率约合5元人民币），乒乓球1000朝元，洗澡只需100朝元。这里成为了平壤百姓最爱去的休闲场所。

我的平壤故事

有了海棠花馆的竞争，此前平壤最高端的大同江外交团会馆也采取了新的营销策略，以吸引客源。以往只对外国人每周三、五、六开放，对朝鲜人每周二、四、日开放的游泳馆，6月中旬出台新规定显示：朝鲜人与外国人不再受时间限制，均可"混泳"了。最初开放"混泳"时，泳池的朝鲜服务员还会要求朝鲜人和外国人分开泳道，后来渐渐也就放任不再管了。朝

游乐场里的男孩子们

鲜人中，不乏配备了专业潜水工具的高富帅、身着大尺度泳衣的白富美。

平壤百姓的"敢花钱"与荷包鼓起来不无关系。朝鲜放宽了对工资的限制，为促进生产，给了企业向员工提供经济奖励的自由。

对此，朝鲜社会科学院经济研究所的李基松教授介绍说："从2013年4月1日起，朝鲜政府已经允许企业管理者为提高生产效率而向劳动者支付更多薪金。企业给工人工资多少，主要按其表现来划拨。"

新政策下，朝鲜企业可以在上缴利润、留下供企业持续运营的资金之后，将剩下的钱自主安排给工人开工资。据了解，此前朝鲜员工的工资均由国家来分配，企业无权决定。但以"奖金"的形式对多劳者给予奖励，已有较长一段时间了，奖金数额度甚至高于工资，并多以外币的形式发放。

悄然变化的，还有从2012年起，朝鲜对农业领域开展的调整措施：给农民更多自主权，允许农民在上缴公粮后，将剩下的粮食在自由市场上出售。一名朝鲜农场人员告诉记者，该措施大大提高了农民的生产积极性，很多人手里有了从市场交易赚来的收入，"其实比生活在城市赚得更多了"。

完成权力交接仅短短一年，

平壤国际商品博览会

金正恩即大胆地提出"变革"的理念,其速度和胆识超过外界预测,显示出金正恩对朝鲜式变革的速度和程度,是步步为营,心中有数的。

金正恩多次强调"要让朝鲜人民享受社会主义荣华富贵",他提出要对麻田海滨浴场、元山松涛园夏令营、平壤美林骑马俱乐部等娱乐设施进行修建,以满足"人民对文化生活的需要"。

朝鲜群众对我说:"我们式的道路只有一条,就是沿着主体先军的道路,任何时候都不会有变化。"朝鲜式"Change",不是抛弃原有路线道路,而是继续坚定地走自己的道路,让别人关注去吧!

朝鲜于2013年5月29日出台经济开发区法,欢迎外国公司和个人到朝鲜投资。根据经济开发区法,开发区分为工业开发区、农业开发区、旅游开发区、出口加工区和高新技术开发区。外国公司、个人、经济团体和海外侨胞均可到开发区投资,设立公司、分公司和办事处,并可自由进行经济活动。

周末,从平壤开车到南浦看海。安详的南浦市一角

朝鲜将在土地利用、人员雇佣和纳税方面给予特别优惠政策。投资者在经济开发区的权利、资产及合法收入将受到法律保护。该经济开发区法不适用于罗先经济特区、黄金坪和威化岛经济特区、开城工业园区和金刚山国际旅游特区。

在我接触的朝鲜人中,一名朝鲜官员说:"这项法律就是要给各级地方政府放权,让他们发挥各自能力,吸引外资。"

负责金刚山国际旅游特区的一名朝鲜官员也表示:"欢迎来金刚山特区看看,朝鲜未来的变化会先从特区开始。"一位常年在中国工作的朝鲜政府官员对我说:"考虑到朝鲜的国情,同时借鉴中国改革开放的经验教训,朝鲜变革的步子应该比较小一点,以规避一些变革产生的负面效应。

我的平壤故事

二、金正日逝世周年祭

2011年漫天飞雪的12月，朝鲜前最高领导人金正日突然辞世，百姓"仿佛丧失了慈父和太阳"，悲痛得天昏地暗，世界对朝鲜的未来投来无数问号。

一年后的周年祭上，朝鲜最高领导人金正恩同夫人李雪主及党政军领导人，拜谒锦绣山太阳宫金正日遗体，报告完成遗训、成功发射卫星的喜讯。一年来朝鲜军民对已故领袖的无尽思念，已化作对"主体太阳"金正恩的忠诚信念。

2012年12月17日清晨，天蒙蒙亮，浅雾里的平壤各地，沉浸在悼念将军（朝鲜人民亲切地称呼金正日为将军）逝世一周年的肃穆氛围中。金日成广场上回荡着《思念无边》如泣如诉的歌声和广播悼念词。

我们随平壤市军民、驻朝外交使节、海外侨胞等拜谒队伍，乘朝方提供的大巴车，前往位于平壤东北部的锦绣山太阳宫。途中，各界群众从四面八方络绎不绝，手持白花、神情凝重地走向市区万寿台金日

金正日逝世周年祭上的朝鲜女兵

金正日逝世一周年，金日成广场祭奠领袖的群众。

下部——朝鲜深度游

参加金正日逝世周年祭的朝鲜军民

成和金正日铜像、马赛克壁画,向领袖敬献花篮和花束,默哀悼念。晨曦中,热茶及医疗救护的彩色敞篷服务站,点缀了仓田街上如涌的人潮。

经过近一年的整修,实现广场"园林化"的锦绣山太阳宫,在金正日逝世一周年之际开放。与包裹得严严实实的外国友人不同,早已等候在广场上的朝鲜军民大多并没戴帽子保暖。

"是为了表示尊重吗?"我问。朝鲜陪同人员点点头说,"来到太阳宫,瞻仰领袖太阳光辉,我一点不觉得冷。"

2012年12月17日平壤时间10点半,朝鲜最高领导人金正恩从太阳宫二层主席台步出,军乐队奏响《将军像太阳一样永生》。朝鲜人民军总政治局局长崔龙海致辞说,锦绣山太阳宫的开放,将使朝鲜军民可以随时前往主体的最高圣地,"同大元帅们进行心灵的对话,进一步增进浑然一体的血缘纽带。"

仪式结束后,朝鲜各界民众纷纷前来拜谒,这是金正日遗体首度公开接受瞻仰。通往安放金正日遗体大厅的走廊,人民仔细端详着两侧

我的平壤故事

在万寿台献花后的朝鲜军人

墙壁上精致装裱的领袖照片，重温两位领导人生前在各地工作、视察时的音容笑貌。在瞻仰了两位领袖的汉白玉立像后,我随悄然无声的人群，走进安放着金正日遗体的大厅。

面对安详地躺在水晶棺内的金正日遗体，朝鲜民众悲从中来，哽咽不止，很多人忍不住失声痛哭，边抽泣边对安详地躺在水晶棺里的将军遗体，诉说思念，绕场一周四度深鞠躬默哀，不少悲痛的妇女守候在大厅内久久不愿离开。

太阳宫内还展示了金正日生前视察用过的专列、轿车、游艇等革命文物和勋章。我看到，绿色外皮的专列内灯火通明，衣架上挂着金正日生前喜爱穿的人民服，办公桌上批示和未批示的文件，桌上摆着苹果笔记本电脑。墙上的电子显示屏上显示出金正日乘专列所访问过的国家。

正午12时，朝鲜全国汽笛长鸣，全体党员、人民军官兵和人民向着锦绣山太阳宫和首都平壤静默致哀三分钟。

锦绣山太阳宫广场当天还见证了朝鲜人民军陆军、海军、航空与防空军官兵举行的誓师大会。三军官兵向金日成和金正日致以崇高敬意、发誓忠于最高司令官金正恩。

当外界热议金正恩执政一年来朝鲜的变与不变、政权平稳过渡时，朝鲜国内正通过完成对已逝领袖"遗训"和爱国精神的弘扬，完成军民团结誓死保卫金正恩威信的转变。

三、"第一夫人"雪主气质

朝鲜领导人的夫人一般不在公众场合露面，几乎成了不成文的规矩。而金正恩在全面接班仅七个月之后，即偕同夫人频频出现在公众场合，打破了过去的"惯例"，展示了朝鲜在金正恩时代的开放姿态。

关于金正恩和夫人李雪主的婚姻生活，有出席活动时两人亲密同行的照片为证。美国篮球明星罗德曼，在离开平壤时，对记者说："金正恩人很不错，他非常非常爱他的妻子。"

● 抢发快讯，首译"李雪珠"

李雪主的首次公开亮相是在 2012 年的 7 月 6 日。当天，新组建的"牡丹峰乐团"举行示范演出，李雪主坐在金正恩旁边，其端庄大方、举止有度的形象，立即引起国外媒体的关注，议论纷纷，猜测不断，称其为"神秘女士"。

随后，金正恩于 7 月 8 日参拜锦绣山太阳宫及 14 日视察平壤庆上幼儿园时，均有这位"神秘女士"陪同，两人之间频有互动，默契十足。在向总社传送朝中社提供的照片时，我都特意挑有这位神秘女士的合影照片，以满足媒体和读者的好奇心。

7 月 25 日，朝中社轻描淡写地在一则视察报道中说："朝鲜最高领导人金正恩元帅偕夫人李雪主……"读到这句话，我立刻捕捉到这一新闻点，第一时间发出中英文报道，"金正恩偕夫人李雪珠出席平壤绫罗人民游乐园竣工仪式"。

在抢发过快讯后，朝中社的中文网络稿中却将第一夫人的名字译为了"李雪主"，对此，甚至还有某国通讯社驻北京的记者打来电话向我询问："奇怪了，请教到底该是哪个字？"原因在于，朝鲜或韩国女孩子的名字中，若用"珠"字常常是用在名字的末尾，若用"主"字则常用在中间。

我的平壤故事

2012年7月25日，金正恩偕夫人李雪主出席平壤绫罗人民游乐园竣工仪式。这是李雪主的首次公开露面（朝中社图片）

第一夫人的姓名的末字缘何破例译为"主"字呢？难怪有人要"求正解"。

我向朝中社外事处打电话求证，被告知"尚未得到外务省方面指示，可先以朝中社翻译为准"。

作为中国官方媒体，新华社是有一套制度性的译名规范的。通常，在朝方没有提供确切朝鲜人姓名的汉字翻译时，按照惯例，姓名的汉译用字通常由新华社和使馆政治处共同商定，其他媒体在报道时则以新华社的译法为准。使馆领导也表示："坚持新华社的译法。"因此，在朝方对我方关于第一夫人名字汉语译法的问询做出正式回复前，几个月里我们均译作"李雪珠"。

李雪主首次亮相后，第二天朝中社网站上，展示出金正恩同中国驻朝大使刘洪才并肩乘坐"回旋翻转秋千"的场景，以及金正恩夫妇与外国使节握手、轻松交谈、开怀大笑的画面，这显然是一次精心策划的亮相，是借欢乐的游乐园之行，自然地让第一夫人登场，同时与各国使节沟通感情。

在同朝鲜民众聊天时了解到，普通民众对李雪主的美丽大方非常欣赏和喜欢，表达出对最高领导人家庭幸福、生活祥和的祝愿。如今，朝鲜第一夫人李雪主大方得体的衣着风格和干练的短发，已成为朝鲜女子学习的时尚"榜样"，与金正恩亲自组建的牡丹峰乐团姑娘们的妆容服饰一样，成为朝鲜的时尚风向标。

金正恩偕夫人李雪主公开亮相，被韩国媒体解读为"朝鲜即将进行某种变革"的信号，对此，朝鲜祖国和平统一委员会（简称"祖平统"）发言人7月29日表示，所谓的"朝鲜显示出政策改变的征兆和改革开放"是无稽可笑的，朝鲜一切政策旨在继承和完成金日成、金正日的思想事业，不会有任何变化。这是朝鲜公开明确否认"改革开放"一词，然而却并不否认"变革"之说。

● 相距遥远的两个第一夫人

2012年10月30日，可以推定李雪主怀孕的照片首次被公开，在金正恩夫妇观看牡丹峰乐团表演时，身着卡其色大衣的李雪主的腹部明显隆起。之后在迎接金正日逝世一周年的12月17日，出席锦绣山太阳宫开放仪式时，李雪主身着朝鲜民族服装的黑色丧服，依然掩盖不住较之前进一步隆起的腹部，被外界广泛推断为临近生产。十几天后，就在2013年元旦跨年音乐晚会上，李雪主身着红黑条纹的连衣裙，以"消瘦的身形"惊艳亮相，被推断已经生产。

然而，朝鲜方面始终未对李雪主怀孕和生产的传闻有任何回应。当我问起朝鲜朋友：你注意到李雪主同志的这一系列变化了吗？朝鲜民众的态度比较含糊："仔细想来，好像是这么回事哈。"

在朝鲜，从官方到普通民众对领袖个人生活及其家庭成员的情况都是只字不提，他们认为，私下谈论领袖的家庭生活就是对领袖的不尊重，因而他们对于外媒随意猜测报道最高领导人的私人生活亦非常反感。

但关于李雪主已经生产的消息被美国篮球明星罗德曼公开证实，且明确地说："金正恩很喜欢他们的可爱女儿。"我将此爆料分享给朝鲜

我的平壤故事

金正恩与夫人李雪主瞻仰万寿台领袖铜像（朝中社图片）

一些朝鲜姐妹。她们的反应大大出乎我的意料。

"啊，是个女孩啊，要是男孩就好了……"

"为什么？"

"这还用问吗？革命血统，世代相传啊。"

自 1948 年 9 月 9 日，朝鲜民主主义人民共和国建国以来，朝鲜官方媒体正式公开报道的"第一夫人"，除李雪主外，仅有金日成主席的原配夫人、金正日的生母金正淑。

金正淑生于 1917 年 12 月 24 日，于 1949 年 9 月 22 日逝世，是朝鲜著名的抗日女英雄。朝鲜媒体曾大量并详细地报道金正淑的革命活动，官方媒体在提到金正淑时一般称她为"抗日女英雄金正淑母亲"，并将金日成、金正淑、金正日合并称为"白头山三大将军"。现在朝鲜许多单位名称前都冠以金正淑的名字，比如"金正淑托儿所"、"金正淑平壤缫丝厂"

等。朝鲜百姓对金正淑的革命事迹也都如数家珍，比如同你讲述她曾在一次战斗中为保护金日成，以身体阻挡敌人射向金日成的子弹，称她是"金日成同志最亲密的战友"。

1994年金日成主席逝世，金正日成为国家最高领导人，但是朝鲜媒体从未正式报道过金正日的个人生活和夫人的相关信息。有关金正日的婚姻情况只有外国媒体，尤其是韩国媒体作过报道。

● 英雄母亲　女人是花

在中国，我们说女人是半边天；在朝鲜，人们歌唱女人是花。朝鲜女子既淑美又能干，"先军"的女子刚毅坚强，吃苦耐劳。"女人是花，为家庭付出辛劳，亲爱的妻子和姐妹，若没有你们，生活会变得残缺不全……"这首《女人是花》，是我在朝期间学会的经典流行歌，不时哼唱两句，心情即刻欢快明艳起来。

金正恩执政初年，每逢节日必大庆，4月建军节、6月少年团节、7月战胜节、11月母亲节，一系列大型庆祝活动接连不断地举行。每场活动，金正恩或亲自参加，或发出贺信，或同与会者合影留念，展现出一个全方位的、一呼百应、亲民爱民的国家领导人形象。

金正恩将2012年的11月16日定为母亲节。此前，朝鲜曾在1961年、1998年和2005年不定期地举行过三届母亲节。朝鲜主流媒体早从一个月前就开始渲染母亲节的喜悦气氛，倾全社会之力赞颂"为先军国家建设奉献青春、培养英才的母亲英雄"。

通常，母亲节是给自己的母亲过节的，而朝鲜的母亲节，是过给整个社会、国家和党的。母亲节期间，所有要闻和话题都围绕于此，全国上下一致庆祝，没有比这更重要的时事了。"这是全国的政治大事件，是歌唱给母亲党的歌。"在同朝鲜女盟的姐妹们聊天时，她们如此说。

母亲节这天，我随使馆大巴车前往郑周永体育馆观看银河管弦乐团母亲节演出。在外国宾客到来前，朝鲜群众早已有秩序地入席，今天全场都是光荣的母亲。开场前，母亲们有组织地细声哼唱起《将军，您在哪里》。

音乐会上，《嫁到农村来》、《我的父母亲》等歌曲一次次将现场气氛带入互动高潮。合着朝鲜民乐的韵律节奏，即有人闻歌起舞。渐渐地，从一名两名三四名，到全场各个角落，母亲们纷纷站起身来，抬起弧形"乔高丽"（袖管），长长短短地摇臂耸肩，上下飞舞。朝鲜能歌善舞的民族性，与思想开放与否无关。

来自全国各地参加第四届全国母亲大会的母亲中，有平壤金万有医院的医生尹善姬，她先后收养了数十名孤儿，将他们培养成为为国家繁荣富强做贡献的骨干。有来自科学家和军人家庭的劳模母亲，也有生养了十个孩子的英雄母亲。

席间，我遇到了干练的朝鲜女盟副委员长，也遇上了庆上幼儿园园长。她们均作为母亲代表，被邀请来到主席台就座。"母亲节快乐啊！"我向这几位熟人招手祝贺。

我身边坐着朝鲜女盟和对外文委的景心姐姐。女盟是朝鲜的重要政治组织，组织妇女生活。景心姐姐对我说："我们现在的任务是要广泛宣传，让女性多生育、培养孩子，为保卫和建设祖国做贡献。"

"这就是国情的最大不同吧。"我点头，小声请教说，"朝鲜人怎么避孕呢？"我知道，朝鲜的超市百货里，是没有避孕套避孕药卖的。

"男人想办法就是了。"景心姐姐笑笑对我小声说。在朝鲜，没有影视、书籍介绍宣传性知识，少女们的常识通常都是在订婚后从母亲那里学来的。

哦，我懂了。难怪朝鲜称呼少女的发音是"处女"。尽管最开始时对这种称呼很不习惯，现如今我对被称作"处女"已习以为常。朝语中的"处女"，就是指未婚的年轻女性啦。

四、"世无所羡"的先军少年

在朝鲜，学校往往有特定的标志。凡看到街道两侧建筑物上有"为朝鲜而学习"的字样，就知道一定是中小学校，幼儿园门挂的是"我们最幸福"、"世无所羡"。的确，朝鲜学生只在上午上课，下午在学校或少年宫参加"第二课堂"的兴趣小组活动。朝鲜青少年歌唱着"世无所羡"，从幼儿园到高中毕业。朝鲜实行义务教育，学费全免，学生就近入学，没有过重的升学压力。

● 朝鲜的教育

为了切实感受朝鲜最高领导人金正恩执政以来的"把实施十二年制义务教育作为全国、全民、全社会共同的事业"，我走访了数家朝鲜义务教育的普通学校。

我来到平壤一所普通中学龙北中学了解朝鲜的中学教育。据校长介绍，中学生除了接受课堂教育外，还要学习职业和技术基础课，比如给女学生开设家务、料理课程，给男学生开设机械修理、驾驶课程等，此外学生还必须参加一段时间的生产实践。在平壤市内，经常可以看到在街道旁参加义务劳动的学生，拔草、刷树墙、擦洗领袖壁画。

据了解，普通中学的大学升学率在百分之六十左右，在龙北中学的一百三十名毕业生中，大约有八十名可以考上大学，约四十名入伍参军，十名左右进入社会岗位。"我们国家实施先

平壤少年宫里的大眼睛小女孩

我的平壤故事

平壤少年官里生动的孩子们

军政治的领导，当过军人的男人才算真正的男人，否则将来找对象时女孩子都不会正眼看一眼的。"

朝鲜学生在完成义务教育后有三种选择：当兵、上大学、参加工作。据了解，大学毕业后仍志愿参军的，服役期是三年。而高中毕业后入伍的，服役期为七年，军人和工人均可在职报考大学，考试时间设在每年8月份，考试难度低于次年2月份的"高考"，报考者可选择两所大学填报志愿，录取后，国家将集中组织进行半年的补习培训，再同应届生一起于3月份升入大学。校长说："先读大学后参军，或是先参军再读大学，两种道路可以自由选择"。

"是！要勇敢地消灭敌人！"学生们异口同声地高声回答，在龙北中学的历史课上，我看到了一幕热烈互动的历史教学场景。学生们穿着深蓝色"正日"装，聚精会神地听老师讲故事。历史老师身着传统民族服装，声情并茂地带领学生，边看投影仪上的卡通动画，边提问题。整堂历史课，学生们纷纷举手抢答，学习气氛浓郁。

朝鲜学生随时随地都能学习历史。朝鲜的历史教育强调以"主体"思想为指导，"主体"史学观影响下的历史教育特点鲜明：悠久的古代史、遭受列强欺凌的近代史、代代相传的当代史。

参观朝鲜中央历史博物馆时，我注意到，博物馆正厅墙上醒目地装饰着金日成语录——"世界上的国家和民族虽多，但像朝鲜这样，在一片热土上发展了悠久历史和文化的单一民族绝无仅有。"在朝鲜，历史学习的重要目的就是增强学生对国家和民族的自豪感和归属感。

下部——朝鲜深度游

讲解员用铿锵有力的语调为学生们讲述着墙上的油画："1866年，朝鲜人民击沉了美帝侵略船'舍门'号，拉开了近代史的序幕。中间这位抗击侵略的英雄就是金日成主席的曾祖父金膺禹。朝鲜人民的反日民族解放运动自从受到金日成主席的父亲、不屈不挠的革命战士金亨稷先生的领导，才在民族自主的旗帜下走上了正确的发展道路。"穿着整齐校服的学生们一排排站在他对面，仔细地倾听。

"朝鲜的近代史，从领袖金日成的曾祖父金膺禹、祖父金辅铉、父亲金亨稷，再到金日成主席、金正日将军、革命继承者金正恩元帅，革命伟业，代代相传……"讲解员细

儿童节上的"迷你阅兵式"

春游的小学生

数金氏六代革命世家。在一切场合，朝鲜学生都能学习历史。

● 万景台革命学院

一排排十几岁的"娃娃兵"，高抬腿踢正步，高唱铿锵有力的进行曲，队列行进虎虎生风。在平壤市郊风景秀丽的金日成故居万景台附近，坐落着培养延续朝鲜革命血统的特殊教育机构万景台革命学院。

— 107 —

如普通中学一样，万景台革命学院大门上写着"为朝鲜而学习"。金正日提出的"高举为朝鲜而学习的口号，学习再学习"，更是挂遍学院的教室。

作为友好国家的记者，我有幸被破例允许探访了这个多少带点神秘色彩的"朝鲜高干的摇篮"。这所学院是一所九年制军事学校，只招收朝鲜"根正苗红"的革命后代。

对于传说中万景台革命学院为朝鲜"高干子弟学校"，只招收"党中央副部长级以上高层干部"子弟的说法，朝方人员摇摇头回答："这是一所给失去父（母）亲的孩子以伟大领袖父爱的学校，并非高干子弟学校。"

"我志愿到军事分界线去保家卫国，毕业后像父亲一样做一名优秀的军官！"学院九年级的学生朴革哲说。九年前，那时朴革哲九岁，他的父亲在军事分界线的前线牺牲，他十岁进入这所学院学习。毕业前最后一年的军营锻炼，他选择了父亲当年所在的部队。

万景台革命学院的前身是金日成中学，成立初期名为"平壤革命者遗家属学院"。1947年开始招收第一批学员，专门接收抗日烈士的遗孤，其中不少孩子的父母是金日成主席的战友。

"学生中，一是抗日战争中牺牲先烈的子孙；二是社会主义建设中做出突出贡献的功臣的儿子；三是在军事分界线等前线部队冲突中阵亡、为保家卫国献出生命的英雄的儿子。"朝方讲解员姜敬心介绍说，"烈士遗孤在物质上和精神上，受到金日成夫妇极大照顾，学子被当作金日成主席、金正日将军的孩子一样抚养。"

金日成主席生前视察万景台革命学院一百一十八次，金正日将军视察了九十三次，金正恩元帅也已经视察过两次。"学校学员的制服样式由金日成主席首肯，沿用至今，袖口处的'人'字下，三条短红带象征着万景台血统代代相传，裤缝处的长红带象征着革命传统延续不断。"

据介绍，金正日将军童年时曾被送到这里，和革命烈士遗孤共同生活了一年的时间，他在这里的故事，在朝鲜家喻户晓。姜敬心指着墙上的老照片说。照片里是幼年的金正日和妹妹金敬姬与同龄的烈士子女的合影，照片摄于1953年4月15日。陪同采访的朝中社同志惊喜地望着老照片说："哇，总听说将军在这里的故事，这些珍贵的照片还是第一次见到！"

在朝鲜万景台革命学院，与朝鲜英烈的后代合影（新华社记者曾涛摄）

　　学院学生毕业后可以根据个人志愿，选择到金日成军事综合大学等高等院校深造，之后多进入朝鲜党、政、军部门，多数担任军事干部。"现在人民军队的核心，大部分是万景台革命学院培养的学生。"

　　学校外事部副部长赵正浩骄傲地说，该学院堪称培养朝鲜党政军高层的"摇篮"。当问到朝鲜现在领导高层中有多少出自这所学院时，赵正浩表示："太多了，数不清。"记者列举出一些朝鲜高层干部的名字来，他心中有数地或点头或摇头。

　　自1954年起，万景台革命学院就只招收男生，原因是"他们被领袖寄予传承革命血脉的厚望"。而位于南浦地区的康磐石革命学院（康磐石是金日成主席的母亲），则成为朝鲜的另一所专收失去父（母）亲的女孩子的革命学校。"在建校校庆等重大活动时，两个学校之间会有交流。"

　　赵正浩介绍说，万景台革命学院为九年学制，一年级至六年级相当于朝鲜义务教育的初中和高中，七年级开始接受初级军事培训，涵盖海陆空三军。九年级时分配到一线部队过一年军营生活。该学院现有一千余名学员，招收十岁至十九岁的学生。

在电子图书馆，剃着短发的学生们正安静地用电脑自习，桌角放着帽子，其中一名学生正在投入地阅读一本纸质暗黄的革命教育材料，名为《抗争即活，投降必死》。

据介绍，金正恩2012年致信万景台革命学院时，要求"加大外语课程教育力度，使学员学会一种以上外语并能进行会话"，并在视察时要求对学院的体育馆进行重建，对操场跑道和草坪要翻新。

经赵上校的特别优待，我参观了学校坦克模型、飞机模型和游艇模型的演示教室，一名教员亲自上阵做示范："这些都是真枪实弹改造的，用于教学演示，好让学生清楚机械构造和操作原理。"

在采访中，赵上校再三强调说："我们不是军事专门院校，只是在提供给学生最高的义务教育基础上，再教给学生一些基本军事知识。学生可在毕业后根据自己的兴趣爱好，选择专门领域继续深造"。

在地理教室，有朝鲜地形沙盘，墙上贴着朝鲜地下资源图、水产图、矿山图等。在生物教室，上千种动植物标本中，相当一部分是金正日将军作为礼物，专门从妙香山国际友谊展览馆移送来的。为了学院学生接受最好的教育，由各界专家担任学院教师，任职期间全部享受军官待遇。

朝鲜的学校通常隶属教育省，而万景台革命学院则由朝鲜人民军军事教育局直接管辖，学生们全部生活费用由国家供给。我来到学生宿舍，宿舍地板一尘不染，床具整洁，两张一米宽的单人床拼在一起，共六组，除了十二张床外，另有两组暖气片和一台壁挂电视，没有衣柜、桌子等家具。

"金正日将军在视察时说：'我们的孩子还太小，将床拼在一起会比较好。'这些细节体现了将军对孩子的关爱。"赵上校边介绍，边带记者到隔壁的上下铺宿舍，这是一个二十六人共享的上下通铺，上下各十三个一米宽的床铺，干干净净的毛巾被叠得整整齐齐。

学院的学生早晨6点起床，先做早操半小时，洗漱后，从8点15上课到下午1点半，同朝鲜所有学校一样，下午不上课，学生自习，晚上可以看电视，集体活动。学生一年有十五至二十天的休假，其余时间都在学校。

"不是孤儿的孩子，想回家了怎么办？"我问。

"家人可以来看望，不过这里就是他们的家，在这里有领袖太阳般的父爱关怀，学生们过着世无所羡的生活。"朝方陪同人士回答。

2012年金正恩元帅在视察学院时，看到学生们没戴手套，他马上问道："天气这么冷，怎么没戴手套呢？手不冷吗？"并抓住学生们的手，亲自为流泪的学生拭去眼泪。能够受到领袖此般对待，在朝鲜人看来是无上的荣耀，凸显了领导人对万景台革命学院的高度重视。

● 松涛园国际夏令营

2014年5月初，朝鲜松涛园国际少年团夏令营修整一新。5月中旬，这里迎来了来参加夏令营的朝鲜孩子。

松涛园位于朝鲜江原道元山市西北，是朝鲜著名的旅游胜地。松涛园国际少年夏令营于1960年始建，是朝鲜少年野营场所中最"国际化"的名片，受到朝鲜三代领导人的关爱。

松涛园少年夏令营内设有国际友谊少年团会馆、体育场、游泳馆、露天戏水场、水族馆等各类文体设施，设计温馨童趣。据了解，夏令营

夏令营的小"大厨"

的学员为各地学校推荐的模范生，也有孤儿、军官子女，以及足球少年等。夏令营对朝鲜学生免费。

金日成提出"在朝鲜儿童为王"，金正日指示要让朝鲜儿童"世上无所羡慕"，金正恩继承发扬两位领袖的"未来观"，关心下一代，亲自指导朝鲜多地兴建游乐场、水上乐园和儿童医院等。他出席竣工典礼、观看全国少年足球决赛和牡丹峰乐团的祝贺演出、为夏令营赠送文具和烹饪实习用具、表彰营地建设者……

夏令营崔老师对记者说："竣工那天元帅整天同少年在一起。爱幼园（孤儿院）的孩子来到如宫殿般的夏令营，感觉到他们绝不是孤儿，而是生活在如太阳般慈父元帅温暖的怀抱里。而选拔优秀学生代表（参加夏令营），可以树立榜样，起到激励作用。"

走进夏令营阁，无论是七人间的蓝色男生寝室，还是六人间的粉色女生寝室，无不设施齐全，温馨童趣。推窗即是碧海银沙，松林中，孩子们正在学唱歌颂金正恩的歌曲。

新建的水族馆、飞禽馆，野外急救知识普及室等为孩子们提供了解大自然的实物、标本与野外生存知识。4D影院、电子游戏厅无疑是孩子们的最爱，人气爆棚。每结束一项活动，孩子们都会集合排队，唱歌阔步走向下一个活动场所，见到外国朋友时，或敬礼或鞠躬，礼貌地打招呼。

午餐时间到了，孩子们都来到餐厅，两个过生日的小寿星坐在"祝你生日快乐"的主桌上吃生日餐。走进隔壁的料理学习间，记者一下就被头戴厨师帽的小厨师们团团围住，"排骨、鱿鱼"，"您尝尝，这都是我们自己做的"，小厨师们骄傲地说。

朝鲜自1985年以来已举办了28届松涛园国际少年夏令营，共有来自60多个国家的上千名少年儿童参加了丰富多彩的夏令营活动。国际夏令营更突出文化交流，设有"民族文化展示日"、培养协作精神的运动赛等项目。

同行的巴西驻朝大使罗伯特告诉记者，他正在动员自己的孩子来参加这个夏令营，过一过"训练有素的集体生活"，"这里环境好，活动丰富，很国际化"。

五、趁变化前，去朝鲜旅游吧

亲临板门店军事分界线，站在北部板门阁眺望南方；欣赏巍巍金刚山的红叶漫山、雾气氤氲，妙香山的银杏秋黄，历史与现实、自然同人文交错展现，渐渐撩起面纱的朝鲜，正于不动声色间展现它的独特之美。

驱车从朝鲜江原道元山市一路沿东海岸高速驶向金刚山，沿路海天一色，千里银沙。这片被遗忘的处女地般的天然海滨，尚未开发别墅群、开放比基尼，然而，要求全国军民按照"马息岭速度"推进世界级滑雪场建设的朝鲜领导人金正恩，自有他"将元山建设为国际旅游区"的设想——"五年后，朝鲜的海滨或是另一番景象。"

朝鲜著名的旅游胜地金刚山

"我们计划用五到十年的时间，把元山建设成为国际旅游区。五年后，朝鲜的海滨将是另一番景象。"朝鲜国际旅行社社长赵成奎说，"朝鲜欢迎所有国家和地区的企业家来投资旅游区基础设施建设，广泛欢迎国际合作。对于先期投资的独资企业、合营企业和合作企业给予优惠政策。"

朝鲜将把旅游作为重要产业之一大力发展。分析认为，朝鲜计划将元山、长白山、七宝山等地建成旅游特区的步调，与几个月前新出台的经济开发区法，有异曲同工的考量，旨在因地制宜地为地方经济发展注入活力，通过多种渠道灵活吸引外资合作。

朝鲜已将"提高人民生活和建设经济强国"作为重要的发展目标，

我的平壤故事

但由于受到国际制裁的影响，朝鲜正在努力为经济改善寻找突破口，即从"后方"着手，小步伐、分区域、多试点地给国民经济发展增辉。

● "花样"旅游，总有一款适合你

朝鲜国家旅游总局局长洪仁哲说，朝鲜积极推进旅游基础设施的现代化改造，计划健全文化旅游、体育旅游和治疗旅游等，丰富朝鲜旅游日程。

目前，朝鲜已在特色体育旅游方面创新出不少花样，开辟了摩托车游、高尔夫游、飞机游等项目。

朝鲜已同意与外国旅行社合作，吸引外国游客赴平壤参加业余高尔夫球大赛。此款"平壤高尔夫游"分为四日游和七日游两种，七日游的标价1800欧元（约合1.4万元人民币）。对此，记者虽早已向朝方提出采访申请，但由于这些体育游为非定期的"俱乐部"性质旅行，尚未有机会随团亲历。

我曾前往距离平壤市中心约二十七公里的平壤高尔夫球场或参加或观摩球赛。该球场是目前朝鲜国内唯一的18洞标准高尔夫球场，于1988年9月建成，占地一百二十万平方米，绿地面积为四十五万平方米，球道长七公里，每次能供一百名球手同时进行比赛，各种设施一应俱全。球场环境宜人，价格便宜（常客与球场签订有优惠协议）。在球

在海滨松林下聚餐休息，看同伴歌舞的的朝鲜游客

海滨松林下，穿着泳装载歌载舞的朝鲜妇女

场上挥杆的，多是各国驻朝使节、中国商人、朝鲜旅外侨胞以及少数朝鲜本国人。

2013年，我再次来到元山海滨，比起去年的羞涩，朝鲜民众的心态已明显开放了许多。几对朝鲜青年男女在海里游泳嬉戏，两个二十几岁的小伙子笑着叫着，把一个姑娘从沙滩拖到海里，抱起、抛下，女孩子尖叫着从海里扬起水花，打起"海花仗"。

当他们注意到我的镜头时，停止打闹，朝我走来。我做好了被要求"请删除"的思想准备，没料到，其中一个小伙开口却说："咱们一起来张合影吧！"我招呼他的小伙伴一起来。只听得一句"瞧瞧看，人家怎么知道我长得帅呢"，循声望去，另一朝鲜帅哥很"王子病"地说。

自2012年来，来朝鲜观光的游客大幅增加，其中欧洲游客明显增多。目前来朝旅游的游客中，中国人占绝对多数，若要从欧洲直接报名参加旅行社，动辄要几千欧元，价格不菲。鉴于朝鲜目前尚未开通自由行，也有不少外国人选择先在中国旅游后，再报中国旅行社跟团来朝鲜。选择到朝鲜返璞归真，找一份久违的如归隐田园之清静。游客们回国后纷纷发在网上的各种"揭秘"图文被热评转发，也从一个侧面反映了朝鲜人民的真实生活和日新月异的变化。而在各大"纪念碑式"革命建筑里徜徉，感受朝鲜的革命气质，亦是别有一番"复古"滋味。

● 马息岭，世界级滑雪场

据介绍，元山国际旅游开发区将全年无休，"夏有松涛园海滨，冬有马息岭滑雪"，同时包括攀登及帐篷休闲游、温泉及污泥治疗游、蒸汽机车游以及乡村、渔村游和海上旅行等开发计划。

从2013年6月起，朝鲜全国各地掀起了"马息岭速度"建设热潮。朝鲜全国各地"战斗场"（施工工地）上，"马息岭速度"的标语成为新时期朝鲜的"千里马速度"。

马息岭，位于江原道法洞郡的马息岭地区，紧邻元山市。

然而，朝鲜军人建设者不舍昼夜地建设且临近完工的马息岭滑雪场，却在金正恩二度视察后的一周后，出现"被刹车"的困局。朝鲜滑雪者协会8月24日发表声明说，目前，滑雪跑道铺设已结束，饭店和服务及宿舍大楼等所有项目即将完工，然而，有一些国家最近凭借所谓联合国"制裁"，阻挠朝鲜进口滑雪场索道设备，称"滑雪场所需的索道设备又无法制造导弹或核武器"。

据外媒报道，瑞士政府扩大对朝鲜的制裁后，已叫停这笔据称达700万瑞士法郎（约合760万美元）的交易，扩大后的制裁内容包括禁止向朝鲜出口奢侈品，例如高尔夫、马术和水上运动等体育用品。此外，奥地利多贝玛亚公司、法国波马嘉士其也因"政治原因"拒绝了朝鲜的订单。

朝中社发表评论，谴责某些标榜"人权、自由、平等"的西方国家，妄称无法相信朝鲜民众能使用滑雪场，只有"高级人"才能滑雪。这是对朝鲜制度和人民不可容忍的侮辱，更是将体育严重政治化、歧视化的行为。

应朝鲜外务省和体育省邀请，驻朝使团和记者作为第一批游客，同来自朝鲜国内外的游客一同体验了"世界级滑雪场"的雪趣和"朝鲜式社会主义"的福利。

我们同来自中国、俄罗斯等十几国的驻朝使节集体乘坐大巴车，从平壤出发，在高速公路驱车3小时后抵达滑雪场。马息岭滑雪场位于江

去滑雪场的途中所见

直抵海拔1360米的大花峰山顶的缆车

原道法洞郡，距离平壤178公里，江原道首府元山24公里，交通便利，具有滑雪场、宾馆、医疗设施、直升机着陆场等齐全的配套设施。

马息岭滑雪场于2013年4月初动工，当年12月31日竣工，在9个月内创造了朝鲜人民引以为豪的"马息岭速度"。

开业半个月来，马息岭宾馆已接待了近两千名朝鲜游客，他们来自朝鲜全国各地，是优秀大学生代表和各行业的先进劳动者。一位来自平壤的朝鲜游客说："被选拔出来第一批享受到金正恩元帅的恩惠与社会主义福利，感到格外荣幸，更加强了为祖国建设奉献一切力量的信念。"

朝鲜最高领导人金正恩多次对滑雪场视察指导，他表示"为人民和青少年提供更加文明幸福的生活条件，将马息岭滑雪场建设成世界一流的滑雪场，是朝鲜劳动党的坚定决心"。他还号召朝鲜全国学习军人建设者"马息岭速度"的精神气魄，在社会主义建设各条战线掀起大飞跃、大革新。

马息岭滑雪场总面积3万平方米，包括高级道、中级道和初级道共10条滑道，既可供滑雪爱好者使用，也可举行世界级的滑雪比赛。穿上滑雪服，脚踏滑雪板，游客们纷纷体验滑雪的乐趣。目前滑雪场配有讲师 3 名、教练 15 名，为滑雪者提供技术指导。

乘坐缆车索道 30 分钟，到达海拔 1360 米的大花峰顶点，马息岭全景尽收眼底。据介绍，马息岭地区是天然原始林，山势陡峭，"马息岭取义源于骏马跨过最高峰，也要做休息调整的意思，可见山峰之高，山路之险。"游客可在山顶餐厅用餐休整后，再滑雪或乘坐索道下山。

结束了刺激的滑雪，步行 3 分钟即可回到马息岭宾馆休息。宾馆环境优雅，咖啡厅、歌舞厅、棋牌室、游泳池、按摩桑拿、综合商店等休闲娱乐设施齐全。这里的服务员选拔自朝鲜各地，均是各单位的佼佼者，服务优质。"尽管一刻不停地忙碌，但感到由衷地自豪"，"我们因为在这工作，竟然有幸亲眼看到金正恩元帅，他在视察时亲自在坡度最陡的滑道上滑雪的样子，简直太帅了！"宾馆前台服务员提起此事，两眼放光地说。

对朝鲜国内免费发福利的同时，马息岭滑雪场也致力于吸引海外游客，欢迎来自各国的游客。据悉，美国篮球球星丹尼斯-罗德曼一行在

中国、朝鲜、俄罗斯的记者一道登上大花峰山顶

下部——朝鲜深度游

为金正恩庆祝生日表演篮球赛后，到马息岭滑雪场玩了3天。

根据宾馆房间内的价目表，一等房为250美元，二等房为170美元，三等房为100美元，如果两人住一间则再增加30美元。此外，滑雪费用对外国人为一天35美元，对朝鲜游客仅象征性地收取60元朝币。据介绍，滑雪场还将继续修建二期、三期工程，扩大接待能力并为工作人员盖住宅楼。来自俄罗斯和波兰的游客说，马息岭滑雪场的规模堪比世界级滑雪场，配套设施更是精益求精，宾至如归。

据了解，金正恩将发展国家旅游业视为助推经济强国建设和改善人民生活的重要部门，就扩大和发展国家旅游做出指示，包括大力开发旅游地区，充分配备服务设施，保障交通条件等。朝鲜计划用五到十年将元山建设成为国际旅游区，元山国际旅游开发区将全年无休，夏有海滨、滑草，冬有滑雪，包括攀登游、温泉游，以及乡村游、渔村游和海上旅行等开发计划。

马息岭滑雪场咖啡厅的服务员

马息岭滑雪场咖啡厅一角

在朝鲜发生更大的变化前，快去朝鲜看看吧。朝鲜"明星工程"平壤民俗公园，建成三年多后即遭拆除，至于拆除原因，同事陆睿从公园售票员处获知，公园从2016年3月就开始拆了，目前工程行将结束。被追问具体原因，对方含糊地回答说："修得不够好，还要再修更漂亮、更大更好的公园。"

六、朝鲜人如何看世界

朝鲜多年来被外界制裁封锁，"封闭"、"神秘"似乎是其代名词。朝鲜人通过什么渠道了解外部世界，外国记者又是如何在报道禁忌重重的情况下采访？

● 外国记者与朝鲜新闻

常驻朝鲜的外国人，日常生活是比较自由的。记者如果到外地采访，元山、妙香山等地是可以自己开车去的，有些较远的地方或军事要地，需要提前提出申请，由朝方陪同前往，比如罗先和金刚山地区。独自出门，和朝鲜人聊天时，并不是正式的采访，不需要有朝鲜人陪同。他们挺高兴有机会和"友好国家的记者对话"。

目前仅有中国的新华社、人民日报、中央电视台及俄罗斯的俄塔社4家外国媒体在平壤设有分社并正式派驻本国的常驻记者。

2012年1月，美联社驻平壤代理分社成立。被认为是首家"打入"朝鲜的西方媒体。人们不禁好奇，美国记者如何在朝鲜做新闻？

实际上，在此之前，日本共同社和美联电视（APTN）早在2006年就在平壤设立了代理分社。共同社和美联社的代理分社办公室就在朝鲜中央通讯社内，雇佣原朝中社记者作雇员。

在羊角岛召开的记者会（朝中社照片）

羊角岛的新闻发布会（朝中社照片）

  代理分社的美国记者和日本记者，通常每一两个月从北京、首尔或东京等地来朝鲜采访一次，每次一到两周时间。他们的所有采访活动都由朝方人员陪同，采访内容也要提前申请。

  朝鲜最高领导人金正恩十分重视展示朝鲜的对外形象，多次邀请国外新闻媒体到平壤或其他地区短期采访。2012年4月15日，朝鲜大庆金日成诞辰100周年，朝方邀请了全球主流媒体300多名记者来朝报道。我们常驻记者也同这些外媒记者有一些接触和了解，一起采访，谈论最多的是朝鲜的"变化"。

  朝鲜百姓平时能看外国电影电视，他们了解国际大事吗？

  答案是，能，但是"有选择性地"。

  朝鲜的官方媒体有朝鲜中央通讯社，朝鲜中央电视台，以及《劳动新闻》等。

  朝中社负责授权发布国家重大新闻，对外网站设有英文、西文、中文、日文等发稿线路，用于外宣。朝鲜百姓听广播，看电视，读报纸，都能听到"据朝中社报道"的官方发布。

  朝鲜中央电视台每天下午5点开始播报新闻，时政、国内、体育和科技新闻为主，而领导人纪录片，牡丹峰乐团演出也是百姓最爱看的节目。中央电视台每周末会有类似于"世界博览"的国际新闻选编，有选择

平壤卫星综合指控中心，接待了来自全球的 30 多家主流媒体记者。展示了朝鲜为对外开放所做的努力

性地播报重大国际消息、万寿台电视台和龙南山电视台会在周末晚上播放中国电视剧，以及外国文艺和科技节目，受到年轻人的热追。

朝鲜百姓关心时政的热度和政治觉悟可与皇城根下的北京人一较高低，他们每天都会读报看电视，对国家大政方针和领袖活动的政治学习，工人、农民、学生、都能给你讲出所以然，让外国人不禁惊叹他们的政治素质。

● 朝鲜的记者会怎么开？

我常驻朝鲜期间，多次参加朝方组织召开的类似主题记者会，地点通常是在位于平壤市普通江畔的人民文化宫，紧邻朝鲜中央通讯社。

外国记者通常会有提问机会，来自常驻平壤的四家外国媒体：中国的新华社、人民日报、中央电视台和来自俄罗斯塔斯社的记者；而代表美联社和共同社站台的，通常是其朝鲜摄影记者。

当然，更多的记者来自朝鲜新闻出版媒体，以及旅日朝鲜人总联合会（朝总联）的记者。还有外国驻朝外交使节和使馆馆员列席。

记者会通常分为三种，一类"脱北者"返回朝鲜后的忏悔，痛诉"被

人民文化宫记者会（朝中社图片）

诱骗到南朝鲜的悲惨遭遇"；一类是间谍供罪，揭露韩国和美国在背后企图颠覆朝鲜政权和最高尊严。前两类新闻发布会，通常会在朝鲜电视台反复播放，因而CCTV和新华社CNC，也成为朝鲜人熟悉的中国媒体。

还有一类是由朝鲜军方和外务省召集的针对驻朝外国使馆外交官和国际机构工作人员的吹风会。比如埃博拉疫情，韩美联合军演的朝方底线。会上由朝方官员宣读事先准备好的新闻稿和翻译，通常不接受提问。

比如近期一次朝鲜国家安全保卫部召开的记者会上，宣布对两名韩国间谍嫌疑人实施刑事拘留。嫌疑人金某和崔某在记者会上对自己的间谍活动供认不讳。金某表示，2010年朝鲜已故最高领导人金正日访华时，他窃取金正日的出访线路等相关信息提供给韩方。回答记者提问时，崔某揭发了美国和韩国要在国际社会上把朝鲜抹黑成"制毒国"、"伪钞制造国"的阴谋。

朝鲜时不时通过召开记者会的形式，向外界传递其外宣声音，对国内民众进行教育、敲敲警钟。

新闻发布会会连续几天反复在朝鲜中央电视台播放，作为记者的我在发布会上的提问和露脸，没想到竟然给朝鲜民众留下了深刻印象。以至于北从罗先到南道开城，西从新义州东至金刚山，我走在朝鲜各地的大街小巷，经常会被朝鲜百姓轻易认出，说"您是新华社记者吧？在电视上多次见过您。"

这一方面显示了朝鲜百姓对时政新闻的关心，一方面也恰恰说明了他们对外界了解的渠道有限，一个外国人的面孔竟然能两三年不忘！

七、从朝鲜医疗和住房说起

朝鲜式的社会主义，教育和医疗是免费的，而住房使用费则低廉至"几乎是免费"。对农民而言，根本不收取住房使用费。面对国内被称作"新三座大山"的住房、医疗和教育，相比朝鲜的社会主义福利，朝鲜的医疗水平究竟如何？老百姓看病贵吗？朝鲜百姓果然都是分房，不愁高房价？

● 平壤有条医院街

东平壤的纹绣区有条医院街，新建成的玉流儿童医院、柳京口腔医院，与平壤产院、产院附属乳腺肿瘤研究所以及心血管医院等一起，为朝鲜百姓看病提供集群式的便利服务。

玉流儿童医院和柳京口腔医院于2013年10月同期竣工，均由朝鲜最高领导人金正恩命名。我曾到玉流儿童医院采访，这所医院总建筑面积3.28万平方米，共6层，拥有现代化高新医疗设备的治疗室、手术室、病房和休闲场所，是一座综合性的儿童医疗服务基地。

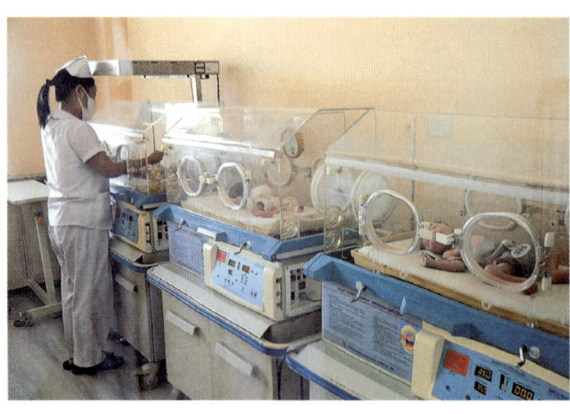

儿童医院　　　　　　　　　　平壤产院早产儿病房

金正恩视察眼科医院（朝中社图片）

病房内设有充满童趣的儿童家具和设施。一名儿童因摔伤骨折正住院接受治疗，同朝鲜的其他医院一样，患者住院不需要家人看护，均由护士照料。

在康复治疗室，几名患有脑性麻痹的朝鲜儿童正在医生的耐心指导下接受康复训练。医院还特别设有小学和中学教室，配有教师辅导长期住院的孩子学习，以免落下功课。

作为中心医院，玉流儿童医院接收朝鲜各地经过初诊后送来儿童患者，为小至7天的婴儿，大到17岁的少年提供免费医疗服务。玉流儿童医院还通过远程会诊设备，为朝鲜各地医院提供技术支持和交流。

外国人在朝鲜看病的经历，我也亲历或耳闻过不少。2013年春节期间，我感冒低烧咳嗽，先是到位于使馆区的平壤友谊医院看病，值班医生开了用量为三天的止咳药。

不过吃了止咳药也不怎么见效，牙龈肿痛加剧，只得再去友谊医院，值班医生推荐我去新开的柳京口腔医院看专家。转身向隔壁的联合国诊所求医，医生休假，护士值班，给我开了由一家瑞士合资药厂生产的抗生素。

我试着前往柳京口腔医院碰运气。春节休假，柳京口腔医院第一副院长李明哲值班，他在听说来由后，亲自出诊。在看了急诊之后，李院长并没有收取费用，我也享受了一次朝鲜式社会主义医疗。

据介绍，柳京口腔医院的医生都是从金日成综合大学医学院和保健省口腔医院选拔出来的最优秀的牙医，治疗仪器也是从德国和意大利进口的先进设备。医院开业以来，前来就医的朝鲜百姓络绎不绝。

口腔医院和其他"朝鲜式社会主义"医院一样，免费服务的对象仅限朝鲜百姓。在朝的外国人如要就医，须先到涉外的友谊医院开具转院手续，方可前往各专业医院就诊，但需支付就诊费。

说到免费医疗，曾有金日成综合大学的中国交换留学生，不小心摔倒造成大腿骨折，情况紧急，就在朝鲜友谊医院做了手术，按照两国交换协议，所有治疗和住院费用均免费。

但其他驻外机构就不享受免费了，他们往往选择乘车回中国丹东或乘飞机回北京就诊，因为"技术更好，更放心吧"。对于朝鲜农村的医疗水平，用中国医疗合作人员到基层考察后的话说，是处于"平均但较初级"的阶段。

我曾和一位熟识的餐厅服务员聊天，了解到她缺勤的一月里，是在医院做了阑尾炎手术。

"在哪里做的手术？"

"家附近的社区医院。"

"需要交钱吗？"

"不用啊，我们是免费医疗。当然了，为了表示对手术医生的感谢，会送点水果什么的表示心意。"

还是阑尾炎手术，一名朝鲜官员曾对记者"诉苦"说："在中国的（朝鲜）朋友前些日子在中国做了阑尾炎手术，还要自己花钱，亲人陪护，手术后感慨说，'唉，这要是在（朝鲜）国内，就免费做了'。"

● 金正恩"复出"：为科学家建房

2014年10月，金正恩在消失40天后，选择视察科学家住宅小区复出，拄着拐杖笑颜说："为了建设祖国奉献一生，要推崇和优待科学家。"

金正恩先视察了新建的卫星科学家住宅区，该住宅区有24栋多层住宅和学校、医院、托儿所、幼儿园等福利设施。

金正恩三天后又视

未来科学家大街（朝中社图片）

下部——朝鲜深度游

察已完工的金策工业综合大学教育家公寓，还提出要把大同江畔的未来科学家大街，变成世界顶级科学家大街。

有网友说，"看样子，金正恩是要搞房地产啊？"

大兴土木搞建设不错，但建成的楼房全是免费分配的，属于家具也不用操心的"拎包入住"。国家给迁入新居的每户家庭送去彩电、被褥和餐具。金日成综合

金正恩视察科学家大街（朝中社图片）

大学住宅楼"双子座"，其马路对面的圆柱形蓝色住宅楼，为艺术工作者而建。来朝鲜旅游的游客感慨说：朝鲜各地大兴土木搞建设，一幢幢大楼拔地而起，这是要搞房地产的节奏吗？

说了半天都是"功臣"，是否去过普通朝鲜人家？答案是"去过，但不能随便串门"。在申请获批准后，记者来到平壤仓田街的新人新家，仓田街就是被外国人称作"小迪拜"的平壤CBD，但这里不是金融中心，住着的是工人和教师劳模。

文康顺今年30岁，被评为纺织厂第17位"劳动英雄"。结婚两个月后，文康顺和丈夫从工厂集体宿舍搬到了仓田街新家。2012年6月，新的高层住宅楼小区落成入住，"这里居住的都是普通百姓，我们都是国家提供住房"。

文康顺的新家面积约100平方米，有三室两厅两卫加阳台。夫妻卧室里有一台工厂赠送的电脑，据介绍，迁入仓田街新房的，除原住户外，还有像文康顺这样排队等房的新婚夫妇以及急需改善住房条件的家庭，包括军属、工人、教师，家中都按统一标准配备了家具。

● 房产买卖尚不合法

美国彭博社刊文指出，金正恩"失踪事件"进一步凸显了外界对于朝鲜这个隐秘国度知之甚少："事实上，我们对朝鲜了解的那一少部分往

往是错误的。"

文章说，现在，许多朝鲜人更关心"过好日子"，而不只是"过日子"。文章还透露说，现在平壤一套好的三居室能卖到 7 万美元。在农村，相似的房子能卖到 1.5 万美元——这也比 21 世纪初的价格高出 7 倍。理论上，朝鲜禁止房地产交易。但实际上，房地产交易在朝鲜已经很普遍。在过去 15 年，平壤的房地产价格飙升了 10 倍，这也反映了该地区人口的购买力在不断增长。

跨过平壤玉流桥，就是大同江畔的仓田街区。它是朝鲜人心中美好生活的代名词，这里居住着朝鲜的教师和劳模

难道说朝鲜放松了房地产？房地产商还不快去朝鲜投资，不少外国人向我打听平壤哪里地段好。

从驻朝消息人士处了解到，房产买卖的情况确实存在，但是在私下里进行，比如在一些特区，首都平壤较少，但价钱已较高，有房卖和买得起的，都是极少数。不过朝鲜相关法律还未作修改，因此也难有突破。

在朝期间，我确实见过官方将房产明码标价，但最后又没有任何"重磅消息"。2012 年秋，朝鲜合营投资委员会召开投资说明会，介绍朝鲜投资环境，会上首次详细公布了"购买房屋和办公室的价格"：平壤地区为 70—180 欧元 / 平方米，其他地区 55—155 欧元 / 平方米。当记者向朝方求证，外国人如何购买房产时，却无法得到确切的回答。

冬天来了，他们有暖气吗？在几次走访华侨家时，记者都格外留心普通家庭的取暖，朝鲜民族住宅传统是设有地热取暖的，类似于中国东北的炕。现在朝鲜多用蜂窝煤取暖，冬天里，住宅楼小区还有分煤的场景。平壤市高层住宅楼多配有电梯，若问常年供电是否有保障？居民的回答往往是肯定的。

八、要想援助，给我故事

——专访联合国驻朝首席代表

"朝鲜人真的吃不饱吗？""真的会饿死人吗？"对这些问题，我的回答缺乏说服力，我想以我对联合国常驻朝鲜机构负责人的访谈，来回答我的好奇和大家的疑问。

联合国常驻朝鲜首席协调官、联合国开发计划署（UNDP）常驻代表吴拉姆·伊萨克扎伊，是位阿富汗裔的美国外交官，他在平壤的使团圈中，位高人缘好，我们时常在一些外交场合遇到，他总是很亲切地同我聊天，幽默睿智。

临离任前，伊萨克扎伊终于忙里抽闲，接受了我的独家专访。他表示，为朝鲜的人道主义援助筹资近年来面临严峻困难，朝鲜需要拿出更多真实的影像和故事，让外界了解其真实情况，并更多地参与到国际社会中来，即"要想援助，给我故事"。

捐助者希望看到有效的变化

我：目前联合国机构在朝开展的人道主义援助项目和现状如何？

吴拉姆·伊萨克扎伊：朝鲜的粮食安全状况这一两年得到改善，粮食产量提高，这也向外界传递了"错误信号"，以为朝鲜不再需要援助了。但实际上，朝鲜三分之二的人口存在营养不良问题，饮食结构单一，营养不良导致儿童发育不健全的情况仍亟须改变。

就像浇树苗一样，给孩子们的营养供给不能停，否则前功尽弃。

目前在朝鲜的世界粮食计划署（WFP）、联合国粮食与农业组织（FAO）、联合国儿童基金会（UNICEF）等机构在朝鲜开展粮食安全与农业、健康营养、清洁水、教育等领域的人道主义援助项目。2014年开展落实所有项目所需援助额为1.5亿美元，但上半年的筹资额仅有19%，还不到需要的五分之一。5月下旬，WFP总裁访问朝鲜，了解对朝鲜的粮食援助状况并寻求进一步的国际援助。但这仍然改变不了由于资金短缺，WFP项目运转停滞，其在朝7家生产营养饼干工厂中的5家被迫关闭的现实。

我：如何解决"捐赠者疲乏"造成的援助资金短缺难题？

吴拉姆·伊萨克扎伊：造成"捐赠者疲乏"的原因在于，一方面，朝鲜的政治环境不稳定，核试验让国际社会对朝鲜政权有疑虑，"为什么平壤不把钱用在解决粮食问题上？"这是许多捐赠方不满和踟蹰的原因。另一方面，比起非洲和一些战乱地区，朝鲜粮食问题属于长期性、非紧急一类的问题，按"轻重缓急"标准考量后，愿意为朝鲜提供的国际援助者和援助额"越来越少，越来越困难"。

对于这种情况，我多次和朝鲜官方表示："要想援助，给我故事。"我们需要让捐赠者看到朝鲜真实的情况，这里的真实"不一定是消极的。可以是一个营养不良的孩子，在受到我们援助半年后身体长高长胖等所发生的变化。这是捐助者希望看到的，他们的钱用在了该用的地方，且产生了有效的变化。否则这么多年无底洞式的援助已经疲乏，人们总问"何时才是尽头？"

联合国驻朝首席代表吴拉姆·伊萨克扎伊先生

因此，我们向朝方提议了一项"传播策略"。如果朝鲜能批准更多有影响力和公信力的外媒和记者，比如你们新华社、BBC、CNN等，参与到我们到农村的实地考察和项目落实中，拍摄更多真实的影像，讲述更多有说服力的故事，将真实情况展现在世人面前。人们会对朝鲜的现状有所了解，才有助于我们筹集资金。

朝鲜人自尊心很强

我：如何看待朝鲜两年来发生的"变化"？

吴拉姆·伊萨克扎伊：你出了写今日朝鲜社会民生的书，《我的平壤故事》、《朝鲜印象》，令人印象深刻，说出了外界不知道的真实一面。平壤是发生了变化，但"对我而言，平壤简直就是另一个国家，不能代表朝鲜，需要走到其他地方看"。不过从首都平壤开始的变化，

下部——朝鲜深度游

朝鲜农村一瞥

我：请您谈谈联合国与朝鲜政府合作的困难和展望。

吴拉姆·伊萨克扎伊：朝鲜人十分骄傲、自尊心强，他们认为比起那些流离失所、饥荒战乱的国家，他们的情况好得多，从而不乐意承认（他们存在人道主义问题）。

困难方面，除了制裁、缺乏援助资金外，数据不完整是一大问题。朝鲜政府提供的数据不完整、我们无法直接获取数据，这是影响项目运转和评估的很大障碍。此外，我们与朝鲜政府缺乏一个直接的对话机制。

人道援助不应被"政治化"

我：你怎么看联合国人权理事会的朝鲜人权报告；你认为可否发挥联合国常驻机构的作用，改善朝鲜人权问题？

吴拉姆·伊萨克扎伊：朝鲜人权问题和对朝鲜的人道主义援助是完全两个不同的问题。我们的联合国机构在朝鲜都是从事人道主义援助的，而人权理事会是单独的机构。如你所说的，他们确实没有到过朝鲜，朝鲜也不允许他们来，因而对朝鲜的人权状况没有全面客观的了解。

我在出席日内瓦召开的一个内部讨论会上注意到，朝鲜人权问题被多国政府和捐助方热议，但我"一直在把话题往人道主义援助上引"，因为人道主义援助不应该被"政治化"。

但朝鲜应该学会如何树立一个正常国家的形象。否则谁还敢来旅游，给你援助，和你做生意？朝鲜的国际形象依然堪忧，其实你我生活在这里都很清楚，并不像外界想象得似乎很"恐怖"。

我：国际制裁对朝鲜民众和联合国开展工作带来哪些影响？

吴拉姆·伊萨克扎伊：2013年朝鲜第三次核试验后，受到更严厉的国际制裁。现在中国和俄罗斯也都动了真格，禁止对朝鲜银行转账。联合国机构的转账也遇到困难，资金无法到位，这影响到我们的项目采购、运转和救援，也间接影响到援助对象，但制裁终究不是办法，孤立与敌对不是解决之道，这些都已经被证明是失败的。对待朝鲜需要采取魅力攻势，批判性参与对它的援助和发展合作。

九、巴西与朝鲜，足球及其他

——专访巴西驻朝大使

朝鲜从 2011 年提出了"建设体育强国"的口号，设定了发展目标。全国的中小学校设有足球俱乐部，对小球员进行强化训练。要提高全社会对足球的关心，在朝鲜掀起体育热，把朝鲜建成足球强国和体育强国。

2014 年世界杯期间，巴西驻朝大使罗伯特·科林没有回巴西看球，而是在朝鲜通过俄罗斯的卫星电视熬夜看直播。世界杯前，科林接待了来自巴西的代表团，并且带领他们参观了朝鲜的足球学校。他说："期待以'足球外交'打开与朝鲜的对外交流合作之窗。"

这是两个气质不同的国家。朝鲜由单一民族组成；巴西则是多种族文化和谐融合的典范，"热情奔放"是其特质。

"我的孩子在朝鲜老师教课的国际学校上学。"科林说，"朝鲜的老师敬业、专业，并不会向国际学生传输他们的主体思想。"

像很多驻在朝鲜的外交官一样，科林也认为，应该让外界更多了解朝鲜"鲜活真实的一面"。科林曾在苏联、俄罗斯、德国工作。我专访了这位巴西大使，想听听巴西和朝鲜关于足球和足球之外的故事。

我：作为一个巴西人，你为何在世界杯期间没有休假回国看球？

科林：我个人对足球不是那么疯狂，在朝鲜看也挺好的。我祖父是超级球迷，是当地足球俱乐部的组建者，祖母和母亲也对足球痴迷。不过父亲、我和儿子都属于"正常"球迷。足球的确是巴西人的国家身份之一，人们不问你来自哪里，信什么宗教，而是问你支持哪支球队。

我：朝鲜和巴西有足球领域的合作吗？

科林：就在世界杯期间，一个巴西代表团来到朝鲜，参观了平壤的足球学校。朝鲜有意送青少年到巴西的足球俱乐部去培养。我们在积极推动朝鲜与巴西在体育、足球方面的交流合作。桑托斯俱乐部已经表明了欢迎意向,这是培养出球王贝利和新星内马尔的著名俱乐部。

朝鲜在建设体育强国的国家战略下,加大了对多个体育领域的国家投入。我希望足球能成为朝鲜与外界的交流之窗。

此外,在农业合作领域,巴西与朝鲜有很大的合作空间。朝鲜近年来的粮食安全有了较大改善,一方面源于联合国和NGO的人道主义援助,另一方面也与朝鲜政府采取的积极举措密不可分。巴西对朝鲜也有援助,数量当然无法和中国、俄罗斯相比,更多是一个友谊的姿态与建立互信的过程。

巴西驻朝大使罗伯特·科林先生

巴西是成功的农业大国,是全球最大的大豆出口国,而朝鲜人摄取蛋白质的主要来源是大豆。巴西与朝鲜有技术合作协议,有人员专家往来和不断增长的贸易额。

我:巴西人对朝鲜怎么看?

科林:当初我主动决定来朝鲜的时候,朋友都不理解。朝鲜的真实情况,只有你我生活在其中的人才了解。

巴西的外交和经济重点在拉美和非洲,但逐渐将目光投向亚洲,中国、日本、韩国都是巴西十分重要的合作伙伴。但巴西人对朝鲜不了解。我们不能漏掉薄弱环节,在朝鲜设立使馆被证明是加强对东亚合作必不可缺的重要链条。

从2001年巴西与朝鲜建交,到2009年在朝鲜设立使馆,巴西在金砖国家构建新型国际秩序的过程中,参与到维护亚太地区和平中。我们在这里的意义是对话与倾听,了解朝鲜的诉求,彼此尊重,寻求合作机遇与可能。

西方对朝鲜只关注政治军事层面,却对其社会经济人文等领域发生的变革过程鲜有关心和讨论。巴西使馆在朝鲜的意义,就是要观察和参与朝鲜的变革进程，并寻求合作机遇。

记得我在 2012 年初到朝鲜递交国书时，朝鲜最高人民会议议长金永南对我说："朝鲜是一个有无限机遇的地方，许多人想到朝鲜投资却受到本国政府的限制。"的确，朝鲜是有许多开发潜力的，有高素质的劳动力，悠久的历史文化积淀。

我：国际制裁对巴西与朝鲜的贸易往来是否有影响？

科林：许多巴西商人对投资朝鲜兴趣浓厚，但限于美国、日本等国对朝鲜的制裁，很多企业不敢与朝鲜开展贸易。这是最大障碍。所以说"我们也是制裁的受害者"。

使馆的海外采购也是，需要详细解释每一笔资金的用途，手续复杂。正常 3 天的转账，要拖一两个月，甚至需要我们冒风险带现金回来。但别无他法，很多使馆都只能这样。

我：朝鲜最高人民会议常任委员会 6 月 18 日发布政令，将对外经济投资协力委员会和国家经济开发委员会归并于贸易省，并把贸易省改称对外经济省。你如何看朝鲜这两年来在经济社会上的变革举措？

科林：毫无疑问，朝鲜过去两年发生了许多积极变化，社会和经济领域都在变革。朝鲜现在绝不是单一的计划经济，个体和私营已经挺活跃，这是我们生活在平壤的外国人都能切身感受得到的。

朝鲜近期将贸易省改称对外经济省，我认为这是一个使职能集中的举措。以前为维护部门利益各自为政，相互沟通困难低效；现在统筹集中，有望提高效率，也是更加注重对外经济的体现。

当年苏联和中国的变革端倪，也有种种先兆，需要跟踪研判。金正恩 2013 年提出"变革"一词，也在多个场合展现开放姿态。他近期在视察气象水文局时，表示要多与世界各国进行科技交流。

在定期交流会上，我们也总能听那些常到农村地区的联合国机构代表，讨论在一些农村试点的"农业改革"，以及设立地方开发区等，这是一个渐进的过程。当年中国改革开放也是先从特区开始的。

我：作为在朝鲜唯一常驻的拉美国家外交官，你如何看朝鲜未来的发展道路？

科林："为什么朝鲜不学习中国的改革开放？"这是巴西的国会议员以及几乎每个记者都会问我的问题。

朝鲜不容易像中国当年那样改革开放的最大原因，在于其所处的国际大环境。中国当年改革开放前已经与美国关系破冰、建交，而朝鲜仍然处在"停战状态"，一再要求与美国签订停止敌对、保障安全的"和平协定"。

但美国近年来明显采取的是"战略忍耐"策略，对朝鲜半岛无作为。面对国际社会孤立和地区环境的复杂多变，朝鲜不具备改革开放的外部条件。美国的不作为无疑是消极的，但我看到，这期间俄罗斯和朝鲜、中国和韩国互动频繁，这是两个积极的信号，会对地区局势和平发展产生积极影响。

预测朝鲜的未来？这是我每天都会问自己的问题，有时觉得答案是肯定的，有时又沮丧怀疑。太多未知和多变，我并不确定朝鲜未来将要走的路。

十、乘火车从平壤到罗先

"你有没有去过平壤外的其他地方？"

这也是我最常被问到的话题之一。我点点头："去过一些，但不常去。"一来是因为出平壤采访需要向朝方书面申请报备，手续比较繁琐，二来是因为出了平壤就没有发稿网络，为防止突发事件抢发快讯，分社常年留人值班，而我总在值班。

难得遇到有出差的机会，我总像一只憋了太久没出门的猫咪，蠢蠢欲动想要出去放风，终于，在驻朝第二年，我等到了一趟出远门的机会。

● 愉快的旅途

2013年10月，应朝鲜外务省和铁道省邀请，驻朝外交官和记者从平壤乘专列北上到罗先经贸特区（罗津、先锋两地的统称）考察。

这一路，我结识了一专列的驻朝大使朋友。三十多个小时的火车，一路穿行经过朝鲜的山川村舍，金黄稻田，青翠连绵，沿海天一色的东海岸线北上。外交官同记者一样，相机快门声不断。

四人间的软卧车厢松散用作两人间，平日里住惯了宽敞官邸的大使（或偕夫人），彼此做起车厢邻居。来自俄罗斯、德国、巴西、印度等多国大使，法国、波兰等十几国的外交官，大家

车窗外，去罗先的途中

我的平壤故事

专列卧铺内景　　　　　　　　　　　火车上的餐点

互相打招呼，串门聊天。

餐车精心准备了一日三餐，大家自由组合拼桌会餐。印尼、埃及等国的大使是穆斯林，需要单独点餐，朝鲜服务员听不懂英语，我主动为大使们做翻译。

"非常谢谢你。""哦，你来自新华社。我们每天都看你们的新闻。"

"朝鲜能以如此开放的姿态向我们展示全景，确实难得。"巴西大使罗伯特同我倚着车窗聊天道。

一日午餐席间，尼日利亚大使过来找到我，让我帮忙翻译。"我夫人明天生日，想邀请大家一起过生日，请列车员准备一个生日蛋糕。"我将他的要求与朝鲜列车员沟通，"他们说会尽所能精心准备一份生日礼物的"，大使夫人同我连连握手表示感谢。

尽管原料有限，列车员第二天还是"变"出

朝鲜列车员下车休息

— 138 —

了水果甜点拼盘，以代生日蛋糕。外交官们纷纷拿出自家好酒，从车厢包厢来到餐车，如约赴宴。俄罗斯伏特加、波兰威士忌、法国红酒、平壤小烧。移动的列车上，来自十几个国家的外交官一起唱起生日快乐歌，彼此碰杯送上祝福。

与俄罗斯外交官、商人及朝鲜列车服务员在餐车合影

月夜，听车轮在铁轨上叮咣咔嚓。分享果味威士忌的列车之夜，在餐车里天南海北聊到午夜，不时激烈争论，不时爆笑拍案。玻璃窗上，悠然的海岸线荡漾，一夜粼粼月光。

一天一夜之后，我们终于抵达"朝鲜经济发展前沿地带"，朝鲜"罗先经贸特区"这块黄金三角洲。

● **罗先特区**

罗先地区，地处朝鲜北部图们江下游，其东北部以全长64公里的图们江为界，同中国、俄罗斯毗邻，地理位置优越。朝鲜于1991年宣布建立罗津先锋自由贸易区，2010年将罗先升级为特别市。

罗先地处东北亚地区几何中心的区位优势，其市场资源和通道条件，对中俄都具有重要意义。身处罗津，我分明感受到中俄元素的活跃存在：农贸市场上中国小商品繁多，用人民币结算最为方便；2013年7月初新开的首家俄罗斯餐厅，有来自俄罗斯的厨师掌勺；久居平壤的俄罗斯外交官甚至说，"在这儿甚至呼吸得到家乡空气的味道。"宽阔的大街上，时不时能看到俄罗斯人和中国牌照的车辆、用汉字书写的店铺，以及会用中文和俄语与你打招呼的朝鲜人。

> 我的平壤故事

平安南道咸兴市火车站。候车的朝鲜百姓对外国人的到来感到很好奇，纷纷探头张望

此行的重头，是参加朝鲜罗津至俄罗斯哈桑铁路改建后的开通仪式。俄罗斯铁路公司社长弗拉基米尔·亚库宁致辞说，哈桑至罗津铁路正式开通，成为连通欧亚最短、最快的铁路。据了解，俄罗斯为适应俄朝两国铁路轨宽不同而进行了专门的高规格技术改造，54公里长的轨道花费约2.6亿美元，作为条件，朝鲜允许俄罗斯公司使用该铁路49年。

而俄罗斯在罗津下的功夫不止于铁路。罗津港水深，没有风浪，是天然不冻港。据了解，目前罗津港三个码头，1、2号码头归中方租借使用，3号码头则由俄罗斯于2008年出资1.8亿美元从朝鲜租借49年。其中，3号码头是罗津港码头中条件最好，也是最具开发潜力的，水深最深，长度最长，水深为9米，长度为505米。俄方计划将水深挖至12米，这样3号码头就能容纳10万吨级货轮停靠。现俄罗斯已对租用

咸兴火车站外景

和罗先港口的妇女聊天

的3号码头进行了改建，505米海岸线全部进行打桩加固，所有施工项目去年未受半岛局势动荡影响，施工始终未停，计划于今年年底改造完工。

我在同俄罗斯同行聊天中了解到，一年来，俄罗斯对罗先港口投资合作表现出了前所未有的"魄力"。俄罗斯在远东地区临近朝鲜有扎鲁比诺、海参崴等诸多优良不冻港，俄国铁路公司却舍近求远投入巨资，先夺罗先港及相关资源的使用权和控制权。俄方公司的工作人员甚至直率地讲，这种项目对他们企业并没有实际意义，这是他们的"国家战略"。

● "世界港"折射朝鲜新姿态

随着合作的日益增加，罗先市一年多来发生了不少变化。新建的滨海公园游乐场，常见滑旱冰、玩高空跳床的青少年；街边兴起夜市，楼房四周挂上装饰霓虹；新建成的集资住宅小区，市民在文化广场上散步。罗先市民说，去年以来，他们实行了农场企业化，放宽了企业自主权，生活水平得到明显提高。

罗先之所以吸引外界广泛关注，很重要的是其有罗津、先锋、雄尚三个海港，有同中国和俄罗斯相连的铁路和公路网，这些都有利于货物转口运输等经贸活动。从日本神户港或新港利用以罗津港为起点的路线到欧洲的鹿特丹，比经过符拉迪沃斯托克港再用西伯利亚铁路的路线可节省3天，比通过苏伊士运河的海路提前9天，比经过开普敦的海路缩短18天。

2011年朝鲜颁布罗先经济贸易区法，出台新规定，对投资基础设施建设、高新技术产业等给予特别奖励，旨在将其建设成为国际性转口、运输、贸易、投资、金融、旅游、服务基地，世界性港口城市，将罗津

我的平壤故事

港建成年吞吐量达1亿吨的综合物流港。

目前，外国大型企业和机构在罗先地区设立的12个办事处，其中有7个是俄罗斯设立的，此外还有日本、瑞士、美国等国设立的办事处。来自蒙古和波兰的船运公司代表对我说，他们此次感受到罗先加大

罗先港口3号码头

了对外交流合作的力度，表示愿意与朝方开展陆海联运新合作。

罗先市人民委员会委员长赵正浩说，罗先在各方面采取措施保障外国投资，将在土地利用、雇用劳动力、纳税和开发市场等方面向投资人提供特别优惠条件，希望外国投资者在发展尖端科学产业部门、能源产业、装备制造业、轻工业、国际物流产业、旅游业和高效率农业方面积极投资。

● 对话外国驻朝外交官："我的确看到了朝鲜的变化"

"一眼望三国，鸡鸣闻三疆"，罗津港碧海蓝天。朝方组织我们集体乘船出海。站在甲板上海风拂面，各国驻朝使节，纷纷拿出相机，拍海鸥翱翔，海豹浮游。

那一刻，我相机里定格了一组各国大使们的微笑。大自然面前，欧亚非拉的外交官和朝鲜同志，无论国家民族，政治文化的差异，脸上荡漾着同样的闲适与轻松。

归程途中，登览七宝山奇石秀林，印度大使邀请我和她的夫人一起合影留念，虔诚奉佛教的印度大使夫妇还在七宝山深山寺庙里，听僧人念佛坐禅。

在海边农家乐，我和朝鲜同志一起生火烤新鲜的蚬子，海风吹来，

— 142 —

下部——朝鲜深度游

游览七宝山，沉醉于美景朝鲜游客

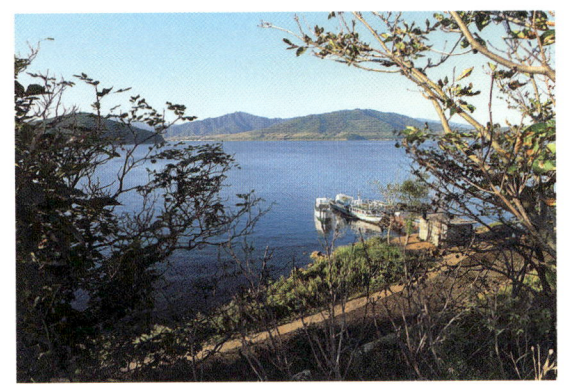

从所住的山上远眺罗先

漫步在海七宝的细软沙滩。德国大使托马斯迎面走来，他灰白浓发，身材高大，脸上总带着祥和的微笑。

"朝鲜与五年前相比，的确发生了变化，展现出积极对外开放和合作的姿态"，托马斯说。海滩上，我们边走边聊。我向他请教统一德国如何看待目前的朝韩分裂，而托马斯很坦诚，还和我讲述朝鲜官员对此的态度。

"朝鲜人其实并不如韩国人一样爱谈论'东西德统一'，毕竟德国统一的路径不是朝鲜预期的。但我们愿意通过加强交流合作，促进朝鲜融入国际社会。"

结束了在罗先的两天考察之旅，罗先市人民委员会委员长黄哲男专程赶上专列，与各国使节和记者一一握手送别说，"有招待不周的地方请多多包涵。我们已经在城市上下水、电力、通讯等方面进行了大力建设，一切都准备好了，欢迎来罗先投资！"

罗先美景

— 143 —

我的平壤故事

"我的确看到了朝鲜的变化",同行的巴西大使罗伯特对我说,巴西作为拉丁美洲唯一一个同时与韩国和朝鲜建交、南美洲唯一一个与朝鲜建交的国家,近年来与朝鲜保持着友好密切的交流合作。

坐卡车上的朝鲜农民

"不少巴西人对朝鲜缺乏基本了解,认为这是有可能发生核战争的最危险的地方,甚至反对我们对朝鲜给予粮援","但我曾跟随世界粮食组织监控过粮援发放,朝方的确是将这些人道主义粮援发到了百姓手中,朝鲜提高百姓生活的意志毋庸置疑","朝鲜展现出积极对外开放和合作的愿望,我们也愿意加强双边多领域交流,通过经济合作促进朝鲜融入国际社会"。

列车在麦浪和丘陵间穿行,沿朝鲜东海岸可观览海天一色,农舍俨然。窗外,村落家家户户的屋檐上,晾晒着刚秋收的玉米。同行的朝鲜同志来"串门",同使团和记者聊天,"希望把你们看到的都如实反映,当然什么不适合拍的,想必各位也清楚。"朝鲜同志对各国使节和记者"叮嘱交代"道。

驻朝法国合作事务所代表对我说,朝鲜此次大规模高级别组织外国使节和记者前往罗先,不加保留地展现其真实面貌,显示出其加强国际交流合作的诚意和迫切,开放的力度和尺度,值得肯定。

在海七宝,朝鲜游客在海边留念

— 144 —

十一、仁川，来自朝鲜的"星"

朝鲜女选手身着统一白色西服，蓝色裙装和高根鞋，干练短发，亚运会吉祥物白翎海豹三兄妹玩偶，围绕着美女手舞足蹈，握手卖萌。朝鲜运动员被他们的萌态逗乐，和海豹兄妹握手打招呼。快门声咔嚓一片。

朝鲜运动员与 2014 年仁川亚运会吉祥物

在仁川亚运会运动员村，中国、朝鲜、新加坡、也门等代表团的升旗仪式上，当朝鲜运动员从选手村走出，各路记者蜂拥而上，朝鲜运动员成了明星。从入场到升旗，韩媒对朝鲜代表团全程聚焦，安保人员一直在维持秩序，而朝鲜记者与代表团着相同正装，行动似乎受到韩方的特殊照顾，拍摄位置自由，令他国记者艳羡不已。

仪式结束，不少志愿者跑来和朝鲜运动员合影，"星星"们礼貌地配合。当韩国记者试图和他们搭讪聊天时，朝鲜运动员保持了惯常的微笑加摇头。

"爱你们！"几名四五十岁左右的韩国中年志愿者，追在朝鲜队后面喊道。

● 在韩国遇见朝鲜老友

人群中，我意外遇见了在平壤工作时熟识的朝鲜摄影记者——他个子很高，标准帅哥脸被多名韩国女记者"盯"上，只是她们的尝试也是徒劳，他摆摆手，拒绝了接受"南方"同行采访。

"哦？你也来了？！"这位朝中社摄影帅哥和我同时认出了对方。

"回国后一切都好吧？"和他最后一次见面是在6月25日平壤金日成广场，群众集会的纪念活动，当时我们合过最后一张影。

"想不到这么快就又见面了哈！来这儿感觉怎么样？"

"挺有意思的。"他笑笑说，还把我介绍给他的同事认识。"哇，你也来了！"更多熟人认出了我，彼此激动得差点没拥抱——他们身边有韩国安保人员。

下午回媒体村，又碰巧遇上朝鲜记者团在宿舍楼下，围成圆圈正开会，韩国随行安保在旁。我在此稍作停留，想和他们打个招呼。

怎料到，他们的会议"暴露"在室外近四十分钟，我在五米开外的空处远观，周围还有几名同样待守的韩国记者。一名韩国安保向我走来。

"请问您是？"

"从中国来的新华社记者，想和认识的朝鲜记者打个招呼。"

"哦？您认识他们？"

这位李先生的角色是负责韩国记者团的人身安全，他们和朝鲜"兄弟"一起行动。在问到"接触下来感觉如何"时，他很感慨地说："都是一样的人啊！抛开政治什么不谈，我们都是一样的人，吃饭一样，聊天开玩笑一样，家庭孩子，都和我们'一样一样的'。"

这时，会议中的朝鲜记者注意到了我，手势示意我"稍等片刻"。这一举动，让刚才一直教导我要各种注意的李安保，松了口气。

他们终于开完了会，向我招手。"哎呀，我们杜记者怎么这副模样，

在采访仁川亚运会期间,偶遇朝中社记者。没想到离开平壤后,又在仁川相遇!这是我们当年在平壤时的照片

在平壤的时候是最美的。"——额,当着韩国安保人员的面,我被朝鲜记者的玩笑黑到了。

"逗你玩呢。介绍一下,这是朝鲜最美的中国女记者。"

"哦?这么说,岂不是太不把我们北边的美女放在眼里了?"——韩国安保大叔接话道,我又一次躺枪。

我们的对话就这样,在朝鲜语和韩国语中间自然转换。他们开的玩笑,果然"都一样"。

● 足球也"南男北女"?

2014年仁川亚运会期间,朝鲜代表团始终受到韩国媒体和观众的密切关注。我在各场馆采访观察发现,一有朝鲜运动员出场,韩国观众就报以热烈掌声欢迎。

朝韩男足决赛,全场座无虚席。场上横幅写着"统一的进球""八千万同胞的愿望"。数万观众为双方精彩的比赛欢呼歌唱,是为朝鲜半岛早日实现统一的助威之声。

加时赛,韩国最后进球的一刹那,全场沸腾。身边观众大叫大跳

我的平壤故事

直呼"奇迹",击掌相拥相庆。我"不识趣"地问:"如果韩国输了呢?"身边的韩国人说"都是一个民族,谁赢我都OK。"

因为朝鲜女足在此前一天战胜日本队夺冠,韩国媒体幽默地将此评价为,足球也"南男北女"——朝鲜半岛素有南边(韩国)男生帅,北边(朝鲜)女生美的说法。

"想起12年前在釜山亚运会上,我们和来自北边的同胞一起加油助威,那是多么美好的回忆",韩国拉拉队队长李元奎说:"北边的拉拉队这次没来,我们就要为双方助威。"韩国拉拉队和挥舞着朝鲜国旗的朝鲜代表团互致问候,高唱歌曲《很高兴见到你》。

● 朝鲜"高层代表团"突访闭幕式

仁川亚运会最后一天,也就是10月4日,原本的重点是闭幕式发稿。一大早,突然收到韩联社推送的消息,说朝方3日通知韩方以黄炳誓为首的"高层代表团"将于4日访韩。韩方表示同意。

这是金正恩执政以来对韩国派出的最高级别代表团——新华社体育部许领导预言的亚运会可能出现的朝韩关系突发事件,果然让我给遇上了!

我第一时间从媒体村抵达松岛橡树林酒店。上午11时,韩国统一部长官柳吉在在酒店迎接朝鲜高级代表团,黄炳誓身着军装,崔龙海和金养健身着西装抵达后,双方互致问候,亲切握手。

韩国国家安保室长金宽镇,韩国统一部长官柳吉在将与

10月4日,韩国统一部长官柳吉在(中)在酒店同朝鲜国防委员会副委员长黄炳誓(左一)握手,欢迎朝鲜高级代表团一行

— 148 —

下部——朝鲜深度游

在仁川亚运会闭幕式上，朝鲜高级代表团向运动员挥手致意（新华社记者马平摄）

到访的朝鲜高层代表团共进午餐，于下午进行非正式会谈。稍后抵达的金宽镇对记者表示："这期间南北间积累的问题很多，需要通过对话，慢慢看。"

在会谈中，柳吉在说："南北是同一民族，之间隔着可以走路就能到达的距离。我们对北边各位到访出席闭幕式，表示非常感谢。"

双方寒暄中，谈到亚运会足球赛事时格外热烈。金养健说，这次亚运会成果丰硕，朝韩在足球项目中独占鳌头。柳吉在面带笑容开玩笑地说："在韩朝男足决赛中，是不是你们'故意相让'啊，让我们得了冠军？"

双方听后开心大笑。在本届亚运会男足决赛中，韩国队在与朝鲜队决赛加时最后时刻，打进制胜球。而朝鲜女足则战胜日本队夺冠。

崔龙海说，"我们怀抱着祖国统一事业中'体育先行'的自信心和自豪感，参加亚运会并取得了好成绩。这次南边的拉拉队毫无私心地为我们的选手加油助威。

闭幕式上，当大屏幕上出现朝鲜女选手在夺金后热泪盈眶的镜头时，当宣布最佳运动员候选人之一、打破世界纪录的朝鲜举重选手金恩国的名字时，现场观众又一次次爆发出热烈的掌声。

仁川亚运会打出英文"多元化照耀于此"的口号，就是希望通过亚运会，展示其拥抱多元化与和平未来的愿景。

● 奥运金牌献领袖

对于朝鲜运动员来说，能够入选代表团参加奥运会本身就是一种

— 149 —

光荣，如果能在奥运会上夺得金牌，那更是作为体育人一生都值得骄傲和自豪的资本。

2013年9月，朝鲜体育人乔迁新居，入住普通江畔新建的高层住宅楼。据报道，这是金正恩送给体育人的礼物。家具一应俱全，还配有诊所、餐厅、洗衣店等便民服务设施。朝鲜劳动党中央书记金己男说，金正恩元帅期待朝鲜体育人奋发图强，体育部门干部、选手和教练，用金牌向全世界大力弘扬先军朝鲜的尊严和荣誉。由此，对朝鲜运动员在奥运会上夺得金牌后均喜极而泣且一致表示"把金牌献给伟大领袖和将军"，就不难理解了。

李正花赛后就曾表示："金正恩元帅为我们提供了最棒的平壤运动员村，我们备受领袖关爱，夺金志在必得。"朝鲜拉拉队员说，"领袖关怀"、"给人民带来幸福"，是朝鲜选手夺冠"精神力"的注解。

"为了体育工作者，没什么可吝惜的。"金正恩说。

朝鲜有着完善的运动员后备力量培养体系，各地都设有青少年体校，同各中小学里的体育教师密切联系，选拔优秀体育人才，并按照年龄和心理特点制订训练计划。各体育队也担负着为国家输送体育人才的任务。朝鲜人民军"4·25体育团"、人民保安部的"鸭绿江体育团"以及铁道省的"火车头体育团"是朝鲜的三强体育团。

"体育在弘扬祖国的尊严、激发人民的民族自豪和骄傲方面，起着不可替代的作用。"金正恩说，并强调要加强体育大众化的普及工作，组织各单位、家庭及个人积极参加体育活动。

在平壤工厂、企业和学校的体育小

在2014仁川亚运会举重项目女子75公斤级比赛中，朝鲜选手金恩珠以292公斤的总成绩获得金牌，并打破该级别挺举的世界纪录

在2014仁川亚运会女子举重58公斤级比赛中，朝鲜选手李正花以236公斤的总成绩夺得该项目的金牌

组，工间操和集体跑步已制度化。每年9月和10月定为"人民体育鉴定月"，其间会举办按照年龄、性别等分组进行的比赛，对合格者颁发纪念章。朝鲜还鼓励开展以国防体育为主的运动，如爬山、投弹、渡河和射击等。

自从2012年来，朝鲜许多体育设施不断新建改建，金正日体育场、平壤体育馆整修扩建，绫罗人民体育公园、羊角岛体育村、统一大街运动中心新建竣工，运动员和百姓可以享用桑拿等现代化设施。

在清晨，晨练的朝鲜市民在新修的社区健身场健身，各单位、学校广泛组织足球、排球、乒乓球、游泳等体育比赛。与需要专门场地的足球相比，排球对场地要求不高，男女老少均可参与，排球在朝鲜最为流行。在朝鲜各地经常可以看到人们在业余时间打排球，就连夏天去海边度假，最受欢迎的运动也是沙滩排球。朝鲜同志说，基本上每天中午同事们都会一起在打排球。

轮滑，是在朝鲜青少年和儿童当中非常风靡的娱乐运动。平壤的大小广场，甚至街头巷里，从三四岁的"轮滑小神童"，到冰场上签收的青年情侣，轮滑爱好者很多，不仅平壤、罗先、新义州、元山等地也都刮起一阵轮滑旋风，很多商店里都在出售轮滑鞋。

一个周末，我和驻朝外交官及英文外教，相约来到大同江畔新竣工的旱冰场。

在朝鲜，外国人出门身边没有朝鲜陪同人员，朝鲜人往往会觉得"奇怪"。在溜冰场售票处，几名外交官同管理员拉家常，说："我们是常驻人员，不需要陪同，只是想体验一把溜冰。"

管理员说，需要请示上级。几分钟后，他回来说："不好意思，下次再来吧，没上级指示我们不好

玩轮滑的朝鲜年轻人

— 151 —

做。"待我仔细问询，管理员才说，是电话打不通。

"没关系，我们等。"

等待过程中，溜冰场上，几个孩子主动同英文外教打招呼。原来正是这几位加拿大老师教的中学生。老师和孩子们在这里见到，彼此都喜出望外，用英文聊得甚欢。

不一会儿，管理员带着微笑点着头走过来说："走，去换冰鞋吧。"

噢耶！我们的这次"单边"行动成功"破冰"。

这座旱冰场跑道面积近两千三百平方米，分为基本跑道和技巧训练场。我耳畔激荡着流行歌《瑞雪飘飘》、《一鼓作气》的旋律，看着飞驰的朝鲜青少年挑战高难度轮滑技巧……

外国人的加入让朝鲜孩子颇为好奇，他们先是试探性地跟在外国人身后，随后，开始和老外比赛速度。这帮外教的亲和力可不一般，不一会儿，从几个、十几个孩子簇拥着老外，并且开始用英语和老外交流。欧洲外交官身后，孩子们拽着衣角，

跟着老外滑旱冰

和外国人玩自拍的朝鲜少年

排起长龙，横竖变换，玩得不亦乐乎，就像中国的"老鹰捉小鸡"。场外，朝鲜家长也纷纷举起相机，记录下这罕见的一幕。

十二、朝鲜从无"二号人物"

一位驻朝外交官对我说,"金正恩太会出牌了,人们不会记得仁川亚运会谁得了多少枚金牌,但会记得朝鲜高层的仁川空降。"

仁川亚运会本来关注度一般,朝鲜说要派美女拉拉队却未成行影响了上座率,不曾想却迎来了和朝鲜高官12小时的亲密接触。

● "三巨头"赴韩,预埋伏笔

金正恩执政来重视建设"体育强国",多次以"体育外交"作为外交突破口打开对外交流新局面。这次亚运外交,可从前期朝鲜人事变动看出,金正恩早排兵布好阵。

首先,还是先来解释一下外界标签称呼的所谓朝鲜"二三四号人物"集体出访的说法。

其实,在朝鲜,没有所谓的"2号人物"。朝鲜人只认领袖,其他人都是"辅佐的部下",而在外界看来距离领袖近的所谓的"2号"、"3号",排序也不时发生变化。

朝中社2014年9月24日报道,朝鲜劳动党中央委员会书记崔龙海23日身兼朝鲜国家体育指导委员会委员长一职,前往平壤火车站迎接朝鲜少年足球队回国。这是前任"体育界掌门"张成泽2013年12月遭处决后,朝鲜首次公开接替人选。此前的5月3日,崔龙海被解除人民军总政治局局长的职务,并于5月4日起任劳动党中央书记。

在2014年5月2日,朝中社报道劳动节庆祝活动时称,"人民军总政治局局长"黄炳誓发表了讲话,透露出朝鲜人民军总政治局局长已经从崔龙海更换为黄炳誓。9月25日举行的朝鲜十三届最高人民会议第二次会议上,刚在4月当选为朝鲜国防委员会副委员长的崔龙海被免去该职,黄炳誓任朝鲜国防委员会副委员长。

我的平壤故事

　　由此可见，黄炳誓和崔龙海这一"上"一"下"，是金正恩对他们职务和分管领域做了调整。崔龙海他一度被外界称为朝鲜的"2号人物"，于2013年作为金正恩特使访华。在张成泽遭处决后，一度被外界视为金正恩"最得宠"的部下。而主管南北关系的统战部部长金养健则更称不上"4号人物"，名次表上排在他前面的还有金永南、朴凤柱、玄永哲等等。而这一顺序，也是经常变化的。犹如职务变动一样，陪同金正恩视察的名次顺序，也不时发生变化，从中窥见朝鲜的人事调整。

金正恩与少年团代表见面，一起欣赏银河乐团音乐会（朝中社图片）

　　你若问朝鲜民众，谁是朝鲜的"2号人物"，他们真是被问倒了，他们可能会一头雾水地反问"什么？2号？""没有2号。"朝鲜人只认"金日成主席、金正日将军、金正恩元帅"。朝鲜这两天最火的一首歌不是叫《（我们）除了你谁也不认》么？去年年底在肃清张成泽后，朝鲜推出《我们心中只有您》的新歌，歌中唱出"向金正恩元帅宣誓忠诚"。

　　那么，外界认为的2号，可以说是朝鲜政坛的"常青树"金永南吗？他是朝鲜最高人民会议常任委员会委员长，是朝鲜在外交礼节上的国家元首，接受外国使节递呈国书。这位86岁高寿的"三朝元老"，身体矍铄，在中央报告大会上做报告，号召朝鲜人民跟随金正恩"向着最后的胜利前进"时，也是投入地"醉了"，他所以长青长寿，大概是因为无欲无求吧。

　　那朝鲜总理能排第几？真相是，朝鲜内阁总理连第三都排不上，既无第二，哪来第三。朝鲜内阁总理主要抓国内工农业生产，经常在金正恩视察一处之后的几个月内，再去视察督促建设。

　　可见，这些排在黄炳誓前面的两位，都算不上"2号人物"，外界一厢情愿地将高冠戴到他们头上，怕也会被推却，忙说"岂敢岂敢"吧。

下部——朝鲜深度游

金正恩视察罗先白鹤洞地区（朝中社图片）

金正恩已将赴韩的三人职务调整好，为各司其责、名正言顺出访埋下伏笔，同时规定当天去当天回。因此，这一"亚运外交"阵容，黄炳誓作为朝鲜国防委员会副委员长、人民军次帅和总政治局长，身着戎装，很好地证明了他是作为金正恩的"特使"出访的。劳动党中央书记崔龙海兼任朝鲜国家体育指导委员会委员长，脱下戎装身着西装，与其分管体育的主要角色相搭调，谈话多围绕体育；统战部部长金养健主要负责与韩方打交道。三人强力组合，显示金正恩对此访的重视和对改善朝韩关系的诚意。

● 金正恩"消失"40 天，朝鲜发生了什么？

2013 年 10 月 10 日，被外界看做是朝鲜政局走向的分水岭，金正恩如果现身，显而易见其大权在握，健康恢复；结果是，金正恩那曾经熟悉的笑颜，全天未现。

9 月 4 日，金正恩偕夫人李雪主最后一次出现，是观看牡丹峰乐团新作歌曲音乐会。按照前两年的惯例，10 月 10 日建党纪念日，他会再来看场牡丹峰乐团演出的，但金正恩并未现身。

如果拿常理分析朝鲜，恐怕你会失望的，因为朝鲜从来不走寻常路。朝鲜人的逻辑你不懂。一位俄罗斯外交官就曾对记者说："搞了一辈子朝鲜半岛也看不明白。谁说看得懂朝鲜，才是真不懂。"

金正恩更是不走寻常路："玩失踪"，却让其他领导人赴韩搞体育外交，让你给我当天去当天回；公开"身体不适"好让民众安心，开会庆祝一切按部就班；称"消失"为其外交策略毫不为过，更证明了金正恩大权在握，政权稳固。

金正恩缺席建党日重要活动，久久不露面，朝鲜老百姓怎么看？

记者从平壤消息人士处了解到，在谈到金正恩为何身体不好时，朝鲜民众表示，"元帅身体欠安，一定是为了国家社稷过度操劳，应好好休息。"说着说着，就不能自已地掉下眼泪。还有朝鲜人表示，"听到这个消息，我们的心都痛了。我们更该一切按部就班，更应该团结再团结，按照元帅的指引为祖国建设奋斗。"

朝鲜媒体曾评价说，"金正恩时代的朝鲜更加朝气蓬勃，未来光明"。金正恩的年轻活力，反倒成为了他执政的一大优势。

其实在朝鲜，很多活动都是临时几小时前通知，有没有最高领导人出席也是到了之后看安检严格与否才知道。金正恩很喜欢给人 Surprise，和罗德曼称兄道弟的"佳话"，在朝鲜人看来也是"元帅喜欢篮球，开展体育交流很好啊"。再比如 2013 年元旦迎新年，金正恩搞出一个跨年西式酒会来，把驻外使节半夜约出来看文艺演出，和牡丹峰乐团的美女来个举杯同祝。

所以，你永远不知道朝鲜"葫芦里到底卖的是什么药"。

十三、阿里郎，朝鲜民族的同一首歌

"阿里郎，阿里郎，阿拉里哟……"不论世界上任何角落，只要有朝鲜民族的地方就有阿里郎。朝鲜大型团体操艺术表演《阿里郎》，韩国以"阿里郎"命名卫星和电视台，"阿里郎"也是中国延边朝鲜族非物质文化遗产……

"阿里郎，阿里郎，阿拉里哟……"《阿里郎》是著名的朝鲜族民歌，它在不同地方有不同版本，独自歌谣、器乐重奏、电影音乐等各种形式广泛演奏，各具特色的"阿里郎"共有七八十个。比如朝鲜平安道的"西道阿里郎"、京畿道的"长阿里郎"、全罗道的"珍岛阿里郎"、庆尚道的"密阳阿里郎"、江原道的"江原道阿里郎"、咸镜道的"端川阿里郎"……

《阿里郎》源于盼郎归来的爱情歌曲，经过苦难多艰的岁月，不断被处境各异的朝鲜民族赋予更广泛的外延。我尝试以阿里郎去了解朝鲜民族，走进万人一舞的《阿里郎》，走进"比世界上任何民族都盼望统一的阿里郎民族"，以歌舞诠释同一民族的阿里郎，以通感剥离差异，在最柔软的神经中找寻绵久。

● "整个民族在起舞"

平壤，大同江的夏夜，绫罗岛五一体育场，朝鲜大型团体操文艺表演《阿里郎》十周年新版上演，新增金正恩执政半年多来的新元素。《阿里郎》于2002年首演，在2012朝鲜打开强盛大国之门、金正恩执政初年，全新"十年纪念版"纪念金日成诞辰一百周年和金正日诞辰七十周年，翻新近半。

"乐园花盛开阿里郎，自力更生阿里郎，跟随将军的指引哦阿里郎，建设主体强国阿里郎……"身着军装的飒爽女兵一边高唱着歌曲《强盛复兴阿里郎》，一边表演着剑舞，柔美中饱含力量。从悲怆日帝殖民时

我的平壤故事

《阿里郎》表演全景（朝中社照片）

期的"眼泪"阿里郎，到"先军"、"幸福"、"统一"阿里郎，再到"友谊"和"强盛复兴"阿里郎……

朝鲜人民民族艺术团演员金秀成回顾十年参演《阿里郎》的经历，感慨地说："从前我们是悲情流泪的阿里郎民族，现在我们是幸福、强盛复兴的阿里郎民族。"

十万名学生和文艺工作者联袂献艺，《阿里郎》因其"绝世独立"的阵容和独创，于2007年被载入《吉尼斯世界纪录大全》，成为外国游客在朝必看节目之一。朝方工作人员敞亮地说，入场券对朝鲜人是80朝币（当时美元比朝币汇率约为1比100），对外国人则从100美元到400美元票价不等。"我们向全世界开放，甚至敌对国家的游客都可以来观看。"

新版本《阿里郎》在舞蹈音乐、激光照明、特大型屏幕、电光装置、音响等各方面都打破常规，舞台布景不断变换出用反光板"手动动画"拼出的画幅和豪言壮语："队伍千万，心脏唯一"、"处处都是人民的休养所"、"二十一世纪，数字化的世纪"、"强盛大国"等主题，拼出党旗，领袖太阳像，涌动的"三千里锦绣江山"。

— 158 —

《阿里郎》演出

  《阿里郎》以朝鲜民族独特的歌舞之美、富有活力的团体操、让人叹为观止的杂技表演，拼出神奇壮观的场景，展示"阿里郎民族"的意义。第2场第2景中，呈现出今年入住的平壤仓田街、绫罗人民游乐园等体现金正恩元帅关怀人民生活的新场景。创造团队的导演室主任金锦龙介绍说："当看到敬爱的金正恩元帅在'6·6少年团节'动员全国之力，让全国各地偏远山区孤岛上的孩子们乘专机，搭专列来到平壤举行庆祝活动时，我们难以抑制激动的心情。创作和排练时间虽然紧张，但是'朝鲜只要下决心就能成'，我们决心一定要在新作品中体现金正恩元帅对青少年的关爱之恩情。"

  万寿台演员张润担当第2场第1景"追忆无边"的领舞。当将军逝世的噩耗传来，朝鲜举国上下悲痛欲绝以头抢地，唯有她有着十秒钟的

我的平壤故事

《阿里郎》演出

独舞时间,"漫天大雪中,以我粉色裙摆起舞带给人们以痛定思痛、劫后重生的希望。"张润没有为自己能成为十万人中的独舞者而骄傲:"我不是一个人在跳舞。"

这句话与电影《平壤之约》中的台词如出一辙。影片中中国女主角舞蹈演员王晓楠的舞蹈"技巧出众却缺乏灵魂,现代感强却内涵不足"。苦苦追寻朝鲜舞真谛的她,发出了这样的疑问:银顺尽心尽力编排团体操表演能有什么意思?几万人整齐划一的动作,岂不是淹没了她自己的舞姿?"你不是一个人在跳舞,而是整个民族在起舞。"这句《平壤之约》的台词,不是夸张和拔高的主旋律,正是从朝鲜舞蹈家口中给出的答案:她们的才华全都融入每一个舞者的一呼一吸、一举一动。

张润说,这是她第三次参加《阿里郎》的演出。"每天的中餐和晚餐都由国家提供。有肉、海鲜、蔬菜和鸡蛋等营养搭配。从早晨 9 点开始排练到晚上 11 点到家,全天非常充实。"当问到天天日晒如何护肤时,她开心地笑答:"国家和伟大领袖每逢节日都会为我们送来护肤品和化妆品,这点不用担心。"

掐指一算,十万演出者中有十分之九是平壤市民,也就是说在一百五十万人的平壤,平均每十五人,即三四家就有一名参与到《阿里郎》的演出中来。金锦龙说："十万人的参演数字毕竟还是有限的，很多没能有机会参加演出的市民纷纷表示：'我能为《阿里郎》做些什么吗？哪怕是送盒饭，搬道具呢。'"

● 平壤之约

朝鲜舞的真谛在于韵律美和含蓄美的统一。如果缺乏深厚的舞蹈功底，容易因表现力不足而体现不出韵律，相反如果表演外露过火，就会失去含蓄美。这是电影《平壤之约》中女主角王晓楠的扮演者刘冬对苦练朝鲜舞的感悟。

《平壤之约》的中国导演牙合甫说，他是看着《卖花姑娘》、《金姬和银姬的命运》等朝鲜老电影长大的，那是他们60后的集体记忆。拍摄过程中，他也在努力寻找朝鲜电影最能打动人的本质，通过讲故事着力展现今日朝鲜的社会生活。他说："影片一切围绕舞蹈交流展开，抛开政治，回归人性，两国人民对美好生活的向往与人性美的主题是相通的。"

静穆怡然的长鼓舞、舒展利落的铃铛舞、风韵典雅的扇子舞，晓楠在听从银顺安排来到农村老家，同乡亲们一起跳飞旋流畅的农乐舞的那一刻，找到了回归舞蹈本真的快乐。刘冬说："非常感谢朝鲜艺术家对我的指导，他们对舞蹈和电影艺术的执着和敬业精神给我留下了深刻印象。"

平壤舞之约

《平壤之约》中银顺的养子中原，因病缺了一天排练而被"谢绝"参加总彩排，甚至无缘正式演出。银顺的台词"没人情味"地不近情理：明明知道孩子有缺陷，却让他参加演出，如果有了闪失，对整台演出没法交代，对其他辛苦排练的孩子不公平，更是对领袖的不尊重。如果现在允许中原以这样的心理去对待领袖，那么长大以后他也会以这样的心理去对待领袖。"这句话，刚来的第一年时我不懂，在朝鲜待到第二年，我才逐渐能够去理解。"刘冬说。

我的平壤故事

　　生了病也要坚持参加排练和演出的精神，正是朝鲜严谨集体主义精神指导下的缩影。从5月末起即在4·25文化会馆广场、金日成体育馆等大型各大广场前，每天从清晨7点到傍晚7、8点，6月的阳光下，学生们身着白衣白帽，头顶烈日，全天进行训练。为了给领袖献上最完美的作品，参演群众在烈日下整月整日地练习。在孩子们幼小而单纯的心里，支撑他们不畏酷暑蒸烤、日复一日训练的，是一种类似信仰的力量。

　　刘冬说，朝鲜的孩子比我们训练得更投入更刻苦，要是我小时候遇到刮风下雨或许就会偷懒，不去练了，但是朝鲜的小朋友不会打退堂鼓的。他们能为直接参加演出，感到特别光荣。

中朝合拍片《平壤之约》的中方主演刘冬（左）与朝鲜演员金玉林合影（照片由刘冬本人提供）

　　金银顺的扮演者、二十六岁的朝鲜舞蹈家金玉林说，这次也是她第一次光荣"触电"。《平壤之约》在平壤首映后，我问她想不想转行做电影演员时，她说："我热爱舞蹈，今后还想继续跳舞。"

　　在《阿里郎》总彩排时，我偶遇并第二次采访了金玉林，她开心地同我分享到北京参加中国首映式的体会，"去了十几天，耽误了排练。我要更加努力训练才行。"作为《阿里郎》开场的领舞，金玉林深知自己角色的重要。

　　"若是你病了，还会参加演出吗？"我问她。

　　"就算带病也要上啊，所以要特别当心身体。为了国家也要照顾好自己。"金玉林攥紧了胸前的拳头，一如说"我热爱舞蹈，想一直跳下去"时的坚定。

　　"朝鲜民族又叫阿里郎民族，是因为朝鲜民族是比任何民族都祈盼团聚的民族。"源于盼郎归来的爱情歌曲《阿里郎》，经过苦难的岁月，不断地被注解更广泛的外延、赋予了更深刻的意义。相信团结勇敢，同唱民谣《阿里郎》的阿里郎民族，终会迎来团聚的那一天。《阿里郎》终会唱遍三千里锦绣江山。

下部——朝鲜深度游

十四、跨越"三八线"

汽车从平壤向南出城，沿途一路雨幕，我悠闲地看着玉米叶绿浪在细雨轻雾中摇曳起舞。隔了许久，在庄稼地尽头若隐若现的高耸的永生塔，悄然指示着远方小村镇的存在。

去开城的路上

透过车窗外看开城

在朝鲜，凡有永生塔处，必有村落城镇，人烟密集。永生塔上镌刻着"伟大领袖金日成和金正日同志永远与我们在一起"，是朝鲜式社会主义社会，对领袖感恩戴德的信仰。汽车从苍山中穿行而过，"传奇式的英雄金正日将军太阳般永生"，标语大字镶嵌山间。白头山血脉世代相传，是太阳，是亲爹娘。将军父亲，劳动党母亲，朝鲜人民如此深情表达。

开城，地处朝韩分界线处，距离平壤一百七十公里，距离首尔七十公里。我们7点30分出发，10点10分到达。氤氲着雨霏雾霭的7月之夏，开城市显得格外寡静。

开城，曾是高丽时期的都城，也是朝鲜特色高丽的参的产地。方兴未艾的开城

— 163 —

工业园区，此时遭逢近年朝韩关系跌至冰点的差错期，工业园区部分项目中断……车行高架桥横穿市区，两旁的住宅楼，碉堡似的空洞，仿佛随时做好投入战斗的准备。

参观板门店当然是要提前向朝方通报申请的。车行至关卡处，我们上交各自的护照，排队等待检查后缓慢进入。车行驶在葱郁的田野中央，两侧绿树似屏风静立，高耸的朝鲜国旗向身后掠去，按要求车停步行前进。回头望，"自主统一"四个大字，镌刻水泥板上，左侧"传给后代以统一的祖国"的儿童壁画，刻画出两个兄妹拉手的笑颜。

● 开城，板门店

从大巴车下来的旅行团，多是熟悉的中国面孔和金发碧眼的俄罗斯游客，等待导游买票后进入参观。空旷的周遭，售票处旁的旅游纪念品商店是游客蜂拥而至的唯一避雨亭。

虽是夏日，持续多日的阴雨竟带来凉飕飕的感觉，印字的纪念衫柜台前，妈妈看上一件印有"板门店、We are one" Logo 的粉色 T 恤，

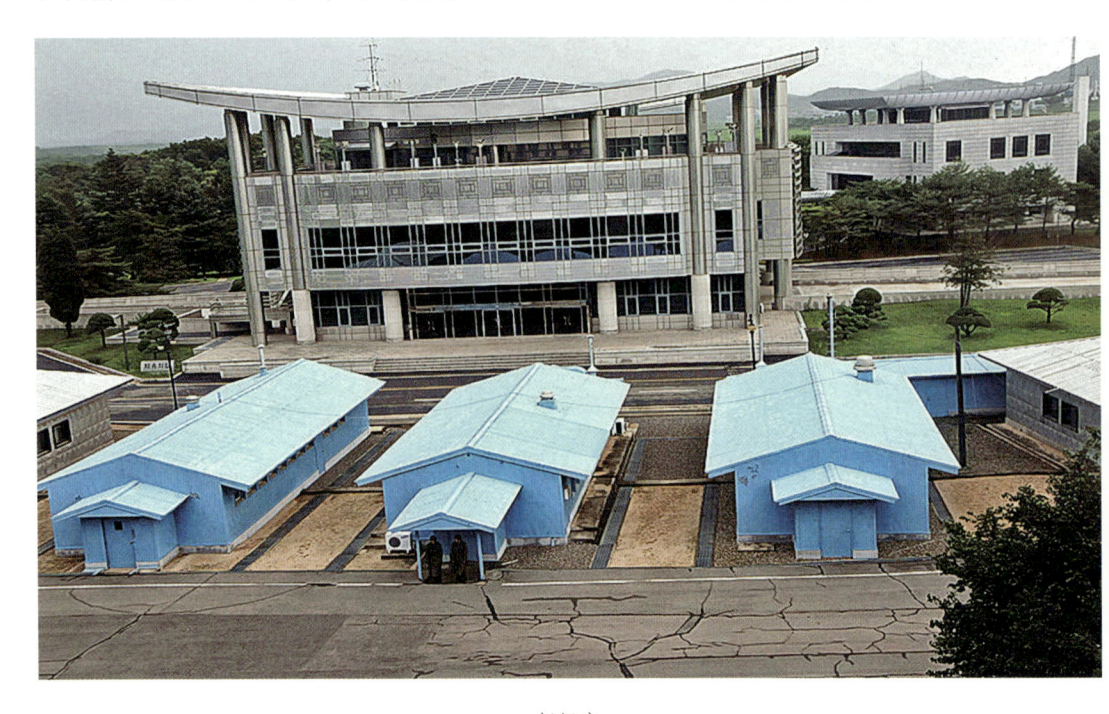

板门店

下部——朝鲜深度游

一件一百元人民币，不议价。我当下给爸妈各买一件，套在身上正好御寒，又是有纪念价值的情侣装。爸妈穿上一下子年轻了好几岁。旅客中，有的在买纪念邮票，有的在咨询虎酒、人参茶。商业小气候稀释着丝丝沉重的空气。

板门店，原本就是以停战协议会场附近以木板搭成的小杂货铺命名，冷峻"板门店"，不再是想象中森严壁垒的模样，而是先以商店之"店"亲切示人。

讲解员是位高高帅帅的兵哥哥，他一边手指地形图，一边介绍说："这里就是军事分界线，其南北各两公里是非军事区，共四公里的军事缓冲地带。看南侧，这里显示美国在南朝鲜驻扎着三万多军队，部署了一千多件技术核武器。"讲解员在一番慷慨陈词介绍后，上了我们的车。

军人的到来，既显得郑重，又

板门店的朝鲜士兵

在壁垒森严中蒙上倍感安全的保护伞。他很快认出我是在电视上见过的新华社记者，侧着身子扭头同我聊天。刚才满脸严肃的军人，瞬间转换了频道，笑呵呵的脸上不时几抹"微笑纹"，俊朗的轮廓看上去颇有几分英气，侧脸好像刘德华呢。他叫柳明勋，今年二十七岁，当兵十年，现在是大尉军衔。

跟随柳大尉来到停战协定谈判地点，白色小屋前一块石碑上刻着"停战谈判遗址"，走进去，屋内窗明几净，蓝色木楞框，框住了窗外绿树繁茂，蝉鸣鸟叫，静静的小屋里，难觅硝烟滚滚、战争后续唇枪舌剑的激烈。"战争结束前，交战双方在此一共进行了一百五十八次谈判。"

柳大尉告诉我在这里发生的许多细节："美国人按照我们朝鲜代表

— 165 —

的要求，在吉普车上覆盖一面白旗以保证其安全，等他们明白白旗在东方人理念中代表投降时，已经晚了！美国人打着白旗谈判的消息已经见报了！"那股自豪，难怪朝鲜人将7月27日停战协定签订日称之为"战胜节"。

在朝方共同警备区里，一处必看的景点是金日成主席的签字牌。白色大理石纪念碑上镌刻着"金日成，1994·7·7"，几个字，是金日成主席的绝笔。

"金日成主席办公到深夜，审阅和批示'朝鲜半岛最高领导人会谈方案'的文件，这是他在文件上签名留下的绝笔。"柳大尉说，"金日成主席于次日因心脏病突发逝世，为了朝鲜民族统一贡献毕生精力的民族大义，为民族的繁荣兴旺忘我工作的革命精神啊。"

过了一会儿，他又发出感慨："世上有哪个民族，有哪个国家的领导人，像我们朝鲜领导人（金正日）一样，在辛劳的工作中、在视察的列车上辞世了呢！"

● 最可爱的人

几十米之外的紫红色房子即是"停战协定签署地遗址"。朝鲜民族风格的飞檐斗拱的凸字形建筑。屋内宽敞却光线昏暗，两张大桌，东侧玻璃框里那面淡蓝色联合国旗，褪色黯淡，西侧桌上的朝鲜国旗却熠熠鲜亮。

"玻璃盒子里的联合国旗帜是当年留下的，签字当天美方代表急匆匆逃离会场，忘了取走那面旗帜，我们将它保留在这里，成为那场战争永久的见证。"柳大尉说，"整个签字过程只有十分钟，结束了三年零三十三天的朝鲜战争。"

空旷的陈列室墙壁上，一排排陈列着那场战役留下的斑斑痕迹：水壶、枪支、旅行包、药瓶、望远镜，还有敌军的迷彩军装、军帽。墙壁上，黑白照片记录着在我脚下这块土地上，朝鲜民族所经历的悲壮分裂历史，记录着中朝军民"保家卫国"，鲜血凝成的战斗友谊。

"我在这里吃雪，正是为了我们祖国的人民不吃雪"，"我在这里蹲防空洞，祖国的人民就可以不蹲防空洞，他们就可以在马路上不慌不忙

下部——朝鲜深度游

板门店，《朝鲜战争停战协议》签署的展台

地走啊。"看着眼前的战争遗物，脑海中浮现的是作家魏巍那篇感动了几代人的著名战地通讯《谁是最可爱的人》：

> 可是，从朝鲜归来的人，会知道你正生活在幸福中。请你意识到这是一种幸福吧，因为只有你意识到这一点，你才能更深刻了解我们的战士在朝鲜奋不顾身的原因。朋友！你是这么爱我们的祖国，爱我们的伟大领袖毛主席，你一定会深深地爱我们的战士——他们确实是我们最可爱的人！

初中时读魏巍的这篇名作，即产生了对亲历并动情记录历史大事件的随军记者的崇敬。新闻的客观性并不妨碍有血有肉的生动挥洒，用情写作才能还原真实，我想，魏巍是优秀记者的榜样。抗美援朝战争已过去六十周年，英勇无畏的志愿军战士、保家卫国的我们最可爱的人，应该成为我们心中永远缅怀的英雄。

"感谢当年英勇的中国人民志愿军与朝鲜军民并肩作战，鲜血凝成的朝中友谊将万古长青。"柳大尉诚挚地说。是的，朝鲜人民对中国志愿军抗美援朝始终怀有感激之情,"朝中友谊"是他们常挂在嘴边的词。

此刻,仍能感觉到曾经惨烈战争发生当时,那浓烈的保家卫国的战争气氛。那场战争,真实地发生过,我们不该忘记。不忘那段历史,不忘和平的来之不易。

●"和平协定"有多难

签字桌上,陈列着《停战协定》的复印本,清清楚楚地写着"停战协定"四个字。《朝鲜停战协定》的签订,标志着历时三年多的朝鲜战争以中朝人民的胜利和美国的失败而告终。但,这并不意味着朝鲜问题得到了和平解决。

1953年10月1日,美国与韩国签订《美韩共同防御条约》,继续在韩国保留美国驻军。1954年4月,在为和平解决朝鲜问题和恢复印度支那和平问题而召开的日内瓦会议上,美国缺乏诚意,各方未能就从朝鲜撤出一切外国军队及和平解决朝鲜问题达成协议。后经朝中两国政府协商同意,中国人民志愿军于1958年年底全部撤离朝鲜,首先向外界表明了朝中方面执行停战协定及和平解决朝鲜问题的诚意。

"《朝鲜停战协定》签订已近六十年,但那场战争仍未从法律上结束的原因,在于美国故意要将'停战'状态长期化。美国在朝鲜半岛执意回避签订'和平协定',持续交战状态,是其'敌朝政策'最具代表性的体现。美国不断增加对朝鲜的军事威胁、核威胁,最终把朝鲜推向了拥有核武器的现实。"柳大尉讲解说。

停战,仅意味着临时休战,并不意味着和平。这是导致半岛局势随时剑拔弩张、陷入战争阴云的渊源。朝鲜人认为,美国不愿意签订"和平协定",是不愿意承认自己当年的失败。朝鲜一直提议同美国举行会谈或者在六方会谈框架内讨论将《停战协定》转变为"和平协定",以消除半岛的军事对峙状态,解决朝美信任保障问题。

朝鲜多年来一直谋求同美国关系的正常化,致力于将《停战协定》变为"和平协定",而美国坚持"和平协定"的签订是以朝鲜放弃核武器为前提的;另一方面,朝鲜坚定拥有核遏制力,先军政治的路线是立国之本。以至于彼此互设前提的对话始终无法取得实质性进展,缺乏互信导致任何的风吹草动都可能将阶段性努力彻底推翻，一切归零，回到原点。

朝鲜认为，美国以核武器威胁朝鲜，从而产生了朝鲜半岛的核问题。美国是朝核问题的肇事者，理应为解决这一问题承担责任，包括美国应完全放弃敌视朝鲜政策，把《停战协定》转变为"和平协定"。最后，朝美应缔结"互不侵犯条约"。只有"和平协定"发展为法律上的互不侵犯条约，才能保证巩固的和平。

朝鲜外务省发言人2013年3月14日表示，朝鲜人民军最高司令部宣布从美国核战争演习的3月11日开始，《朝鲜停战协定》全面失效。与其他协定不同，《停战协定》如有一方不遵守就自动失效。发言人说，在无异于战争一触即发的严峻形势下，朝鲜不能再继续受到《停战协定》的约束。

● 跨越"三八线"

"三八线"的历史，最早可以追溯到1896年。那时，日本和沙皇俄国密谋瓜分朝鲜，日本向沙俄秘密提出以"三八线"为分界线。但，划分因双方利害冲突未能实现。第二次世界大战末期，盟国协议以朝鲜半岛上的北纬38°线作为苏、美两国对日军事行动和受降范围的暂时分界线，北部为苏军受降区，南部为美军受降区。日本投降后，该线就成为朝韩两国的临时分界线，也就是人们说的"三八线"。

"三八线"的划分，埋下了朝鲜民族长期分裂的种子，这颗苦种是迟早要发芽的。"三八线"的划定成为美苏两国势力在朝鲜半岛对垒的既定疆界。三年艰苦的朝鲜战争后，这条"军事分界线"超越了其地理名字，从笔直的"三八线"，变成了一条曲曲折折成"S"状的军事分界线，道出了这条分裂之线潜在的危机与伤悲、沉重与莫测。

随柳大尉走近传说中的"三八线"——一条在地图上看得见，却在地面上看不见的军事分界"线"。这条"线"，可触可感的，其实是骑跨在分界线上的七栋房子。

"白色的四栋属于朝方管理，蓝色的三栋属于美方管理。"我用相机拍下房屋前神情严肃的朝鲜人民军士兵。7月的夏天，朝鲜军人还穿着长袖长衫的风衣,包裹得相当严实。他们冷峻的面孔,写满了战斗状态。

走进其中一间,我透过窗户拍下窗外的韩国士兵。在这间屋子里,跨越一道门槛式的水泥横道——"三八线",无意间,我已跨越了"三八线",越了界。我连忙收步退回来。

"只有这间房子是特殊的,在这里你可以越境,走入'三八线'的另一端。"柳大尉告诉我们,"只要有一方进来,另一方是不会进来的。"南北两侧轮流看管这间房屋。想到十几分钟前,这里还曾接待过韩国游客,而不留踪影。就这样跨越了"三八线"。一步之遥,在这间屋子里的轻松,与走出这间屋子的沉重。

登上朝方一侧的"板门阁",眺望南方韩国一侧"和平之家"的亭台上,看得清楚身着迷彩服的韩国军人,戴着帽子和墨镜,很酷,配以皮靴钢盔、荷枪而立,盛气凌人,在他们身后,民房、农田、哨所、道路,也都依稀可见……听柳大尉说,统一阁这侧的朝方国旗旗杆高一百七十米,关于此,也有一段"意志的较量"——

据说,当年韩方先树立高六十米的旗杆,朝方进而树立了高八十米的以示抗衡,南方继续加到一百米,北方一百二十米,直到北方加到一百七十米,南方才不再加高。

二百四十多公里的军事分界线,像一条巨蟒横卧在朝鲜半岛三千里江山的中部,将同一民族一分为二。分界线两侧,百万大军横眉冷对,剑拔弩张。如此军事对峙,造成了半岛局势的持续紧张。相对的"和平",长期的封闭,使得被铁丝网隔离的韩朝非军事区意外地成为动植物的世外桃源,不少珍禽异兽在此栖息。但同时,非军事区内仍埋有不计其数的地雷,一些动物常被地雷炸伤。

韩朝非军事区经常成为朝韩小规模冲突的爆发地,韩朝双方多次发生交火并指责对方先行开枪。韩国声称发现了多条由朝鲜一侧挖过来的地道,朝鲜则指责韩国修建分裂的"水泥墙"阻断统一,这些指责都遭到了对方的否认。混凝土屏障,分割了半岛的八个郡,一百二十二个村庄,切断了两百多条大小道路,仿佛一条混凝土屏障的"长城",但可悲的是,这道长城不用来抵挡外来侵略,却是用来生生分裂同一民族的……

十五、最可爱的人再聚首

● 热土与热泪

当年参加抗美援朝奔赴朝鲜战场的中国青年，如今大多已是年过八旬的耄耋老人，时隔六十多年，白发老人再次踏上曾经战斗过的热土，受到了英雄凯旋般的欢迎。满头白发的中国人民志愿军老战士感慨地说："我们所到之处，有警车开道，医疗车护航，朝鲜群众手持花束夹道欢迎，呼喊着'欢迎英雄'，享受到国宾级待遇。"

应朝方邀请，中国人民志愿军老战士代表团自2013年7月25日至30日到朝鲜参加朝鲜战争停战六十周年庆祝活动。25日，朝鲜国防委员会副委员长金永春为老战士设宴接风洗尘。金永春说："金正恩元帅专门嘱咐要特别邀请中国老战士，共同庆祝属于朝中两国共同的胜利。"他还拉家常似的交代说："三伏天里温度高，请英雄战士一定注意身体，在朝鲜度过愉快的追忆之旅。"

中朝两国老战士手拉手步入平壤市中心的人民剧场

"这其实是我第一次真正踏上朝鲜的土地。当年参战在空中击落过一架美军战机，还差点被击伤不能返航啊。"八十岁的空军老战士陶伟回忆说，时不时望向窗外，评点一番，"朝鲜绿化很好，当年的战争废墟上现在建起了现代化的高楼。"

我的平壤故事

老战士中，有以前空军司令于振武为团长的"将军团"，也有由民政部组织的、来自全国各省市的普通老战士和几名烈士家属，他们绝大多数是停战后首次重返朝鲜。

29日，中朝两国艺术家在平壤举行联合演出，向中朝两国"最可爱的人"致敬。

有朝鲜"人民广播员"美誉的七十岁的李春姬亲自出马，担当联欢会主持，邀请中朝老战士讲述当年并肩战斗的故事。朝鲜人民军军医安熙讲述道："我出生在中国，参加过八路军。多次在战役中输自己的血救治志愿军，因为他们是亲兄弟一样的战友啊！"另一名朝鲜人民军老战士说："当年和志愿军战士并肩打过惨烈的长津湖战役，谁能想到，今天能再同当年的战友在平壤相聚！"

参加过上甘岭战役的志愿军老战士侯建业站在舞台上声音洪亮："敌人白天占领的高地，我们晚上再把它夺回来！朝鲜人民冒着炮火，源源不断地送弹药上前线，这样坚守了四十三个昼夜。"志愿军老战士戴诗炜回忆道："至今难忘在金城反击战中，朝鲜群众自发组织起担架队转运志愿军伤员，把仅有的口粮送给志愿军吃。我亲身见证了鲜血凝成的中朝友谊和其强大的生命力。"

在中朝歌曲《我的祖国》、《向伟大的胜利者致敬》熟悉的旋律中，不少老战士和观众热泪盈眶。

● "要是能树个名录碑就好了！"

头顶烈日，志愿军老战士们来到中朝友谊塔，向长眠在朝鲜大地的志愿军烈士敬献花圈。友谊塔内的大理石基座里，存放有十本志愿军烈士名册，共计两万两千七百名，其中战斗英雄一百三十名。代表团成员中，黄继光的战友、罗盛教的弟媳，都

志愿军老战士在翻阅烈士名册

下部——朝鲜深度游

在烈士名册中找到了英雄的名字,"找到了,找到了!"脸上悲伤和欣慰交织。

烈士家属们纷纷凑上前来,怀着恳切的心情一页页找寻亲人的名字。"几十年了,真想他啊!""我从未见过我父亲的面,也不知道他安葬在哪儿……"前来寻找父亲忠骨的花甲老人失落地说:"青山处处埋忠骨。就盼望着到烈士陵园去看一看吧!"

2013年7月29日,金正恩到桧仓志愿军烈士陵园,向毛岸英烈士敬献花圈(朝中社照片)

7月28日一早,阴雨连绵,可也没有阻挡住志愿军老战士们前往开城的行动。经过四个多小时的雨雾车程,老战士到达开城志愿军烈士陵园。他们冒雨走近每一座墓碑前,诉说着六十年的思念……

雨势渐大,老战士们触景生情,已泣不成声,徘徊在一座座墓碑前,久久不愿离去。有的老战士抱着水泥"无名烈士墓",呼喊着战友的名字。"我们今天过着幸福生活,你和我一起回去吧!""当年我还小不懂事,要不是首长您的爱护,我怎么能活着回来?"

不知道日夜思念的亲人和战友,魂归何处,老战士们执意在每一座陵墓前鞠躬敬礼。大雨倾盆而下,老人们全身淋湿,泪水混着雨水在泥土间流淌。看到此情此景,老战士曹家麟感慨地说:"要是能给合葬的烈士们树个名录碑就好了。"

7月29日朝鲜最高领导人金正恩前往中国人民志愿军烈士陵园凭吊,瞻仰了包括毛岸英烈士墓在内的中国人民志愿军烈士墓。

金正恩指出,朝鲜不仅要保存和管理好桧仓郡中国人民志愿军烈士陵园,而且要重新好好修缮全国各地的中国人民志愿军烈士墓。曹家麟老人听到这个消息,双目放光地说:"这是朝鲜对巩固和发展中朝传统友谊的具体行动,作为老兵我备感欣慰啊!"

— 173 —

我的平壤故事

2013年7月29日,金正恩到桧仓志愿军烈士陵园,向与朝鲜人民军并肩战斗、流血牺牲的中国人民志愿军敬献花圈,以表达崇高的敬意(朝中社照片)

● **老兵是宝贝**

六十年前那场惨烈的战争,给朝鲜半岛人民带来了深重的苦难,中国人民志愿军为捍卫正义与和平,献出了无数宝贵的生命,为保卫祖国做出了巨大牺牲。六十年过去了,半岛和平依然仅靠一纸《停战协定》脆弱地维系着,朝鲜人民依然生活在准战时状态。

2013年7月27日,朝鲜战争停战六十周年。朝鲜举国上下隆重庆祝这一被骄傲地称作"祖国解放战争胜利"的"战胜节",不遗余力地向世界展示其"打败美帝国者侵略"的自豪,颂扬金日成、金正

庆祝"祖国解放战争胜利"六十周年,接受检阅的朝鲜女兵方阵

— 174 —

日的功勋和金正恩卓越的领导才干，同时，借多场活动之机，强调朝鲜战争的胜利是中朝两国共同的胜利。

金正恩曾说，战争老兵是党和人民的巨大骄傲，是金银珠宝无法比拟的宝贝。朝鲜组织全国各地老兵来平壤过节，耄耋老战士集体过生日晚会，各地组织军民联欢。

27日，朝鲜在平壤和开城举办焰火晚会，"烈士的鲜血，化为礼花绽放在天空；烈士的精神，是闪亮的群星和勋章"，《胜利的礼花，你说吧》打动了现场观看焰火的朝鲜老兵。朝鲜老爷爷老奶奶，手拉手诉说六十年分别后再重逢的喜悦。

朝鲜最高领导人金正恩、最高人民会议常任委员会委员长金永南、人民军总政治局局长崔龙海分别在多个场合，对中国人民志愿军的国际主义精神给予高度评价，并表示朝鲜人民永远不会忘记志愿军的丰功伟绩。

尽管步履蹒跚，志愿军老战士却精神昂扬，每天"赶场"似的参加密集衔接的庆祝活动。一天十六七个小时下来，问他们累不累，爷爷奶奶们回答："这点累算什么，朝鲜同志给予了我们最高的礼遇和荣耀。""规格之高，情意之真切，让我们备受感动。老兵图什么？不就是对那段历史的认可和人们的记忆吗？"老战士们满意地说。

29日，金正恩向志愿军老战士代表团赠送礼品，朝鲜人民武装力量部部长张正男会见并宴请老战士。张正男走到每一名老战士和烈士家属前，亲自为他们倒上酒，一一相敬。张正男脱下军装，与老战士相拥道："我的父亲也参加过祖国解放战争。你们当年并肩战斗，就是我的'阿宝吉'（朝语，父亲）！"老战士眼眶湿润，碰杯一饮而尽。

年迈的朝鲜人民军老兵，激动地向主席台挥舞着双手，热泪盈眶地呼"万岁"

十六、朝鲜人真的忘了"抗美援朝"吗？

2016年中秋节当天，我去看《我的战争》，想在被吐槽之前，不带偏见地感受一下中国视角的叙事。尽管它与巴金中篇小说《团圆》原作出入不小，个别细节显得不真实，但我还是很有代入感地在志愿军英勇牺牲、埋在朝鲜的画面前，忍不住抽泣、掉下眼泪，用一包纸巾把电影看完。

这场战争，太容易让我们动情。

影片《我的战争》上映前，宣传片已在观众中引起了争论，宣传片把一则笑话当了真，"我们当年是文工团！我们当年是钢刀连！我们当年来的时候不用护照！我们当年来的时候还叫汉城！我们当年是举着红旗进汉城的！"

先是有一派观点质疑夕阳红老人们说的台词无脑，其提出"不要以'爱国'的名义无底线"，并对比今天朝鲜和韩国的发展状况，质疑抗美援朝，得出结论"比爱国更崇高的是人性的爱"……我认为这貌似言之凿凿，实际犯了历史虚无主义的错。

自然，随即就有了"你可以黑《我的战争》，但不能黑抗美援朝"的批评声音。对抗美援朝的争论，这些年一直在持续，但有人以反思之名夹杂私货，是原则立场出了问题。

其实，宣传片中志愿军"举着红旗进汉城"的事实并没有错。中韩直到1992年才建交，此前中国只承认朝鲜。韩国的首都"汉城"的韩文是서울，英文是Seoul，2005年韩国将"汉城"改为"首尔"，只是中文从意译改为了音译。

改名，直接显示了韩国"去汉化"的强劲势头，标志着力图摆脱中国的历史影响和大韩民族主义思潮的上升。而一向反对"事大主义"的朝鲜又何尝不是如此？不了解朝鲜民族性格的人，总喜欢嚷嚷着让中国"管"朝鲜，殊不知这恰恰是被朝鲜民族所排斥，是与他们信奉的"主

2012年12月12日，朝鲜发射第二颗"光明星3号卫星"成功，朝鲜民众集会庆祝

体思想"相违背的。

近些年，朝鲜连续进行核试验与卫星发射，伴随着韩剧、韩星韩流劲吹，中国民众对朝鲜和韩国的印象出现落差和观点分歧并不奇怪。

与60后、70后对朝鲜电影《卖花姑娘》等的比较简单、明朗、素色的集体记忆相比，80后、90后更推崇韩国电影《太极旗飘扬》等的叙事手法与情绪氛围。

● 朝鲜像六七十年代的中国吗？

常常被问，朝鲜像不像六七十年代的中国？准确地说，朝鲜的经济发展水平差不多相当于中国上世纪八十年代，但首都平壤的消费水平和生活水平要比其他地方优越许多。由于周边外交环境难以改善，至今，朝鲜在国内宣传上仍处于随时准备战斗的语境中。

我在朝期间曾同西方使馆外交官交流，德国大使托马斯回忆70年代初来中国的经历，"那时候，北京广播里骂美帝国主义的话，比现在朝鲜骂美国狠得多呢。"中国从"被美帝国主义孤立封锁"，到积极融入国际社会，发挥全球领导力，不过三四十年功夫。中国强盛了，国际格局变了。可朝鲜还在原地。时间仿佛停滞了。

谈朝鲜，必须从朝鲜内部来思考他们是怎么想的。朝鲜人信仰已故国家主席金日成提出的"主体思想"，简单说来是政治上自主，经济上自足，国防上自卫。朝鲜人说的精神力量，就是全靠自己，谁都不依不信。

朝鲜批判韩国对美国的"事大主义"，是"走狗傀儡"，而将自己的"为所欲为"看成是独立自主。在外界看来的不守承诺和随心所欲，在朝鲜人看来就是按主体思想的"自力更生"。

朝鲜已故最高领导人金正日提出的"先军政治"，是一切工作都围绕军队展开，有限的资源要优先保证军队。

朝鲜人从小就被教育"可以没有糖豆，但不能没有子弹"。对朝鲜制裁了二十多年，事实证明出奇地无用。很多人不明白，问"饭都吃不饱，还发展什么核武器"，但朝鲜人怎么想呢？压不垮的朝鲜人说："制裁是美帝国主义的敌视和阴谋，我们团结一心一定能胜利。"

嗯，fighting（英文：战斗）。韩国人爱说fighting，朝鲜人爱说"先军"。

● 朝鲜教科书里有抗美援朝

中秋节，朝鲜民族称之为"秋夕"。大同江与汉江的月夜，已历经了半个多世纪的分离。几年前的秋夕，离散家属在金刚山相拥而泣的场面随风而散。六十六年前，为了统一而爆发的战争，却在六十六年后，依旧骨肉分离、兄弟结仇。如今，在紧张对峙的大气候下，南北离散家属团聚的事儿，不再被人提及。

The Korean War，中文翻译为朝鲜战争，韩国人翻译为"韩战"。至今朝鲜人都以"南朝鲜傀儡政权"看待韩国，而韩美也以"北韩"（North Korea）称呼北方，双方都想以自己为主导，统一对方。这场战争，参

战方有着不同的集体记忆。

战后美国人极少提起那场"被遗忘的战争"。

"最令人感到沮丧的是，红色中国人用少得可怜的武器和令人发笑的原始补给系统，居然遏制住了拥有大量现代技术、先进工业和尖端武器的世界头号强国美国。"[1]

1951年5月，在巴拉德利将军指责麦克阿瑟计划出兵中国东北的"信誓旦旦"，称那将是"在错误的时间，错误的地点，和错误的敌人，进行一场错误的战争"。

朝鲜战争对于中国人，意味着"抗美援朝，保家卫国"。随着历史档案解密，战争的样貌在不断清晰、完整，但不能否认的是：抗美援朝志愿军的英勇奋战打出了新中国的国威，流血牺牲换来了百废待兴的新中国和平的外部环境。

2013年7月27日，朝鲜民众庆祝"祖国解放战争胜利"60周年

每年的7月27日，朝鲜停战协定签署的纪念日，这对朝鲜人来说，是大庆，是"祖国解放战争胜利纪念日"。

关于朝鲜战争历史的书很多，各国教科书的表述当然多有不同，足

1　[美]贝文·亚历山大：《朝鲜，我们第一次战败》，第63章"朝鲜战争的长期阴影"。

我的平壤故事

见各国是从自己的国家立场和对国际局势的认知出发。各国的决策都是出于维护本国利益。

需要澄清的是，坊间流传着朝鲜教科书里"通篇未提到中国和抗美援朝"的说法，不符合事实。

● 朝鲜人缅怀志愿军和毛岸英

我在朝鲜常驻时，曾去桧仓郡的志愿军烈士陵园采访。当时，一批志愿军老战士六十年后重回曾经战斗过的地方，触景生情到难以自已。志愿军老战士曹家麟说："在朝鲜受到了英雄般的待遇，朝鲜人民没有忘记我们。"

2013年7月27日，朝鲜停战协定签署六十周年，朝鲜举行阅兵大庆。主席台上，金正恩和中国国家副主席李源潮共同检阅阅兵式。金日成广场上，朝鲜民众举着"抗美援朝，保家卫国"的中文标语，口号震天响。

2013年7月27日，朝鲜民众庆祝"祖国解放战争胜利"六十周年

朝鲜百姓身着传统服装，到志愿军烈士陵悼念祭奠

青山处处埋忠骨，何须马革裹尸还。2012年10月24日，桧仓中国人民志愿军烈士陵园改建竣工。烈士陵园位于平壤以东约一百公里平安南道桧仓郡的一个一百五米高的山腰上，中国人民志愿军司令部曾在此驻扎。

烈士陵园建于1957年，占地约九万平方米，通过塑像、碑文、浮雕、绘画等艺术形式展现了中国人民志愿军的英勇形象，是朝鲜规模最大、保存最完整的志愿军烈士陵园，共有一百三十四名志愿军烈士长眠于此。

2013年7月27日，朝鲜祖国解放战争胜利纪念馆扩建后开馆，专设中国人民志愿军展厅，记录了中国人民志愿军与朝鲜军民并肩作战，历尽艰辛，赢得胜利的光辉历史。

来纪念馆看看，就会发现，朝鲜人是记得和缅怀志愿军功绩的。有些谣传就不攻自破了。

朝鲜高层和人民对中国人民志愿军表达了深深的纪念和缅怀。女子六重唱唱到："凤凰涅槃，人天共仰。为国舍命，日月同光"。这首由朝鲜第一夫人李雪主演唱的《日月同光》（电视剧《毛岸英》主题曲），歌颂志愿军英雄毛岸英，在朝鲜家喻户晓，朝鲜人对这首中文歌的旋律，或许比我们还熟悉。

在平壤祖国解放战争纪念馆内,"抗美援朝,保家卫国"的横幅

金日成的题词:"兄弟般的中国人民志愿军战士,光荣属于你们"

● 奥巴马对朝政策失败

有人例举今天的韩国和朝鲜的经济发展水平差异,由此质疑中国当年抗美援朝的历史功绩和意义。这种用政治制度和社会发展水平的差异,以当下视点来解读当年战争的胜负,逻辑上难以自洽。今日的德国,在经济上确实比今日的俄罗斯发达,但不可能以此推导出德国是二战的胜利者!

近期讨论和争论很多的,是中朝关系是否需要重新定位,中国对朝政策是否需要调整。

中国坚决反对朝鲜核试验,支持联合国制裁决议,但按照朝鲜自己的思维模式,会认为中国不应该反对朝鲜核试验。复旦大学朝鲜韩国研究中心主任郑继永说:"朝鲜式思维还认为,是他们直面美国的压力,在给中国'帮忙'。"认识上的鸿沟,令沟通难以进行。

朝鲜参加六方会谈之初,曾寄希望于同美国签订"和平协定",以去核换取安全保障和发展空间,但后来发现美国多次出尔反尔,根本无意和谈。自奥巴马政府执政后,八年来美国对朝鲜实行所谓"战略忍耐"政策,消极不作为。这说明在美国的全球日程里,朝鲜问题实则进不了前五,甚至前十。在这种背景下,发展核武器不难成为朝鲜的坚定选择。

清华大学国际关系系教授李彬认为,奥巴马对朝"战略忍耐"政策本身是不符合美国国家利益的,因为在他的执政期内,应该把有限的外交资源,用在其他更容易取得成效的地方。美国自己不作为,却在朝鲜发出动作时就指责中国，也说明其应对之粗糙和无理。

朝核问题终究是朝美之间的问题，美韩当然希望看到朝鲜被制裁压垮，以实现美韩主导的"吸收统一"，但这不符合中国"半岛不能生乱生战"的主张。

朝鲜于2016年9月9日进行了第五次核试验，美国、日本、韩国三国外长9月19日在在纽约举行会谈，三方就加速推进联合国安理会对朝鲜实施新的制裁决议达成一致，商讨包括限制朝鲜核开发资金收入来源在内的进一步对朝单独制裁。

制裁一轮比一轮狠，朝鲜一次比一次倔，朝核问题陷入"核试——制裁——再核试——再制裁"的恶性循环，但解决朝核问题仅依靠制裁，并没有出路。

南京大学国际关系研究院院长朱锋认为，当下是重塑制裁和威慑，同时对朝采取"务实接触"的时候了。"务实接触"不是纵容朝鲜的行为，也不是无原则地妥协，而是要告诉朝鲜，朝核危机"软着陆"的"机会之窗"并没有完全关闭。这其中，中美韩作为关键的三国，需要有协调、合作性的对朝外交。

从2013年2月朝鲜第三次核试验以来，中国支持联合国安理会通过第2770号决议，中国坚定履行了对朝制裁的国际责任。即便是整天拿着"放大镜"在观察中朝经贸关系的美国智库，也认为中朝贸易出现了实质性的萎缩，包括基于正常人道主义目的的中朝边境贸易也在枯萎。

中国一直以来所做的建设性努力，各方有目共睹。半岛核问题由来已久，错综复杂，需要有关各方在六方会谈框架内，通过对话协商来解决彼此的合理关切。中方在朝鲜第四次核试验后，就已经提出实现半岛无核化与半岛停和机制转换并行推进的谈判思路，旨在平衡解决各方主要关切，明确对话谈判要达到的目标，尽快找到复谈的突破口。这才是破解当前朝核问题困局的关键。

后记：公开课，给美国人讲朝鲜

我于2014年7月结束了近两年半的驻朝生活，飞离平壤。带着两本已出版的书，和最美好年华的回忆，挥一挥手，告别这段独特时光。

一年后，我于2015年8月公派前往美国夏威夷大学和美国智库"东西方中心"访学。在近一年的时间内，我受邀在夏威夷大学孔子学院、美中人民友好协会、东西方中心"中国论坛"、夏威夷太平洋大学美军班等机构，做了多场关于朝鲜的主题讲座。

听说我在朝鲜工作生活过两年多，美国人的第一反应是："What？No kidding!（什么？开玩笑吧？）"一连串疑问句紧随，"他们有饭吃吗？""为什么这个国家还存在？""为什么他们的民众不反抗？"每个疑问句后，都是大写的问号。此类问题，我一样被中国朋友，甚至新闻同行多次问过。

美国和朝鲜对彼此体制的敌对情绪，我有来自双方的深刻体会。我从2012至2014年常驻朝鲜工作，后于2015年赴美国访学交流，我尝试理解不同的思维方式，打通两个话语体系，希望可以促进"对手"间的对话和理解。

● 美国"90后"：了解生活在不同"世界"的人

用英语给美国人做关于朝鲜的讲座，说什么、怎么说、哪些（不）该说、分寸拿捏、度的把握，在我第一次讲课前，心中没谱。担心被问到政治类敏感话题，遭遇顽固的对抗思维，或不怀好意的挑衅刁难。幸运的是，夏威夷大学的教授特里普，给了我"彩排"的讲台。

杰夫·特里普教授开设"美国与世界"课程，专业领域是朝鲜半岛和东亚国际关系。他在课堂上提到自己博士期间前往朝鲜的"见闻和奇遇"。美国学生以为听错了，"什么？你说你去过朝鲜？"坐在教室后排

后记：给美国人讲朝鲜

2015年11月，为夏威夷大学的学生做讲座

的学生，直接喊出声来。

"对，去做研究。当然，我每天一出酒店房间，门口就有陪同人员在等候了。"他耸耸肩，幽默地陈述事实。

特里普给学生们客观认识朝鲜打下了很好的基础："朝鲜问题是冷战遗物……在我成长的70年代，人们一直担心核战争爆发。"

是的，理解朝鲜，不能不讲冷战的大背景。朝鲜之所以被美国列为"邪恶轴心"，是有其历史原因的。

全球化浪潮席卷了几乎每个国家，国际贸易在不同程度上有益于所有参与国，于是很多人不能想象，一个始终"隔离"在全球化以外的国家，是如何存在的。

课堂上，特里普说："我只在朝鲜待了短短一周。但是，我们有一位在那生活工作了两年多的中国记者。和她相比，我的经历什么都不算！"

特里普邀请我在他的课堂上分享驻朝经历，我欣然接受，并把准备好的课件PPT提前拿给他看。我们交流了彼此在朝期间的"奇闻异事"，他对我课件的内容给予了积极评价，还鼓励我说："你就当成今后正式讲座的彩排吧，任你随意发挥。"

走上一百多人大课堂的讲台，我以《中国记者在朝鲜、什么是真实》为演讲主题，用英语给美国的90后讲述我的驻朝故事。"想象一下，一个独立的国家，在融入全球化之前，是如何存在的？"

这个问题，也是我讲述朝鲜故事时，贯穿始终的逻辑。通过第一手的照片讲述朝鲜百姓生活的点滴变化：咖啡厅、牵手情侣、进口超市、有"平壤CBD"之称的仓田街区……我的照片，都是美国人从未曾在西方媒体上看到的另一个真实。

网络手机、社会民生、记者生活、在朝朋友圈，美国学生听得认真，

— 185 —

不时举手提问。

"你可否自由行动?""她们可以穿比基尼吗?""那些沙滩谁都能去吗"看到我展示出的朝鲜东海岸元山市海滨浴场上,身着泳装的朝鲜妹子载歌载舞、小伙在沙滩喝啤酒,举手提问的美国学生亮了一片。

我坦率回答:"我和同事当时是自己开车去的,没有朝鲜人陪同,拿手机随手拍的照片。比基尼嘛,其实中国女生几年前也羞涩,不好意思穿比基尼的。在朝鲜没有规定说不能穿,只是传统的社会文化比较保守。这一点,传统的韩国文化也一样。"

我的解释,得到了台下特里普教授的点头回应,他转身对学生们补充说:"注意了,都说管得多,没自由?但朝鲜人可以在沙滩上喝啤酒,咱们在夏威夷就不行吧。"(夏威夷的沙滩禁止饮酒)。有学生点头,有学生撇嘴。

在朝鲜东海海滨沙滩休闲的朝鲜青年

特里普插话说:"我个人倒是被那张在主体思想塔前亲吻的情侣照片惊到了。那是类似于美国'华盛顿纪念碑'式的严肃政治建筑。在公众场合亲吻?即使在韩国街头也少见。"

特里普教授的注释提供了有说服力的论据。

我试图"解构"这个看似在现有体系中不相容的"怪胎"。"消除偏见,对与你不同的人,有一份同理心"。如果连正确认识这第一步都无法做到,就只是反复鸡同鸭讲的无效沟通。大多数纷争冲突,是在倾听前已做出价值判断。

各种问题答完,特里普教授最后总结说:"你们是幸运的,全美国也没有几个人听过来自内部人士的真实经历。"

● 美国大兵:看到领袖哭得稀里哗啦?我好像可以理解

一位八旬美国"中国通"盛情邀请我给他的学生,美国军人讲课。吉姆·柯客仁博士,白胡须大腹便便,慈祥如圣诞老人的化身。和柯客仁博士在东西方中心"中国论坛"上相识,他对于中国国防白皮书的解读客观平衡,是位友华派。

我们聊得投缘。柯客仁博士1961年从西点军校毕业后,参加了越南战争;在夏威夷大学获得硕士和博士学位;在东德、日本、印度、越南、印尼等国生活和工作过多年。现在在夏威夷太平洋大学教世界历史和国际关系,学生是美国退役军人,或毕业后将加入美军的人。

珍珠港,密苏里战舰上的美国海军士兵

他邀请我当客座嘉宾,为他的学生做关于中国以及我作驻朝记者经历的讲座。起初我是犹豫的,面对美国大兵,聊什么合适?柯客仁博士说,他的学生对中国很感兴趣;讲课内容和形式一切随我自由发挥。

"我们这是去哪个校区?"我问。

柯客仁教授平淡地说:"我们去美国太平洋空军总部。"我完全没料到……进入美军基地,小心脏砰砰跳,脑海中已开始上演激烈的美剧情节……难怪他此前让我带上有效证件,以防被盘查。

珍珠港,黄昏

我的朝鲜故事,让美国学生"大开眼界",问题不断抛来:"普通朝鲜人月收入多少?""他们对领袖的感情是真的吗?"没错,这些问题,现在的中国人一样好奇和常问。

"看到领袖哭得稀里哗啦,这样的感情我不曾体会,但我父母一辈却可以理解。"我说。

黑皮肤的大兵凯恩评论说:"我就可以理解,想想要是我能和迈克尔·杰克逊握手,我也绝对不舍得洗手的。"他在阿富汗和伊拉克服过役。"一辈子不洗手吗?"我开玩笑,学生大笑。

"等一下,这图是朝鲜?"当我展示出平壤衣食住行的照片时,美国学生说还以为那是韩国。学生开始不举手就发表评论:"真难以置信"、"你能随便想去哪儿就去哪儿吗?"

我直言不讳："当然不是想去哪儿就去哪儿。比如我不可以随意去军事基地，这在美国和中国或其他任何国家都一样吧？但我的确可以在周末和同事、朋友开车去登山、去海边，不需要向朝方报告或有陪同人员。"

● "看来政府给我们洗脑了"

2016年3月我受邀在美中人民友好协会夏威夷分会的年会上演讲，年会在檀香山中国城举办，来自夏威夷的商界、教育界、美军友好人士出席。

讲课已轻车熟路，游刃有余，于是特意增加了调查问卷环节，以更多搜集、了解美国民众的对朝认识。

2016年3月，在檀香山中美人民友好协会上演讲（中国日报记者邢奕摄）

50份调查问卷，多选题中A、B、C可供多选或单选，D为开放填空，可发表个人观点。问题和反馈分析如下：

一：此前对朝鲜的印象如何？ A：穷；B：独裁；C：共产主义政权

问卷结果分析：单选A、B的各占一小半，而全选的占多数。开放D栏中，有人写"领导人不值得信赖"、"神秘"、"疯狂"……

二：对此次演讲印象最深刻的是？

A：朝鲜人的日常生活；B：引起了我更多好奇和问题；C：改变了我的认识；

问卷结果分析：全选，或单选A、B、C的各占三分之一。开放D栏中，有人写"朝鲜人民开始更多考虑自己的生活"，"朝鲜人生活也还算可以"。

三：你认为联合国对朝鲜的新一轮制裁会有效吗？

A：可能会让朝鲜停止拥核；B：会影响普通百姓的生活，引发人道危机；C：不会，因为制裁对朝鲜从来没用

问卷结果分析：选择A、B、C的分别占12.5%、27.5%、60%。

四：你认为美国会同朝鲜达成和平协议，同与古巴、伊朗一样修复关系吗？

A：没迹象没必要如此；B：取决于谁是下届美国总统；C：需要朝鲜先改变

2016年4月，应邀在东西方中心的"中国论坛"演讲（中国日报记者邢奕摄）

东西方中心"中国论坛"会场一角（中国日报记者邢奕摄）

问卷结果分析：选择A、B、C的分别占10%、20%、36%，填写开放D栏的34%中，有人写"十年之内"，"有生之年不会"，"通过自由经济贸易"，"必须不惜代价地避免战争"……

4月，我受邀在东西方中心的"中国论坛"演讲。一些"大人物"诸如：美国前亚太事务助理国务卿詹姆斯·凯利，前五角大楼官员大卫等美国军方官员，夏威夷大学法学教授，律师，东西方中心学者等也来了。

我准备了朝鲜牡丹峰乐团的演出视频，在讲座后还回答了一系列

后记：给美国人讲朝鲜

来自专家学者们可以写篇论文的"大问题"。

印象深刻的问题有：

1：为什么朝鲜就不能公开表态加入国际社会大家庭，让朝鲜"正常"点怎么就那么难？

2：你是否单独采访过朝鲜普通民众，如果有，他们是如何真情流露的？

3：朝鲜人权状况，你是否去过他们的劳教所？

4：为什么我们在西方媒体看到的只是对朝鲜的抹黑？

有趣的是，在提问"西方媒体为什么只对朝鲜抹黑"时，听众的问题本身就包含了答案。

她说："西方媒体用自己的价值观衡量他人，以西方民主、人权的道德尺度丈量，但西方媒体自身也是有选择性地报道，极尽妖魔化。你讲的、展示的这些，我们从来没在西方媒体上看到过。"

与美国东西方中心协会EWCA主席，朝鲜半岛问题专家舒尔茨先生合影

我点头，认可并补充说："朝鲜有自己的问题，但一个国家如同一个人，不会只有缺点一无是处。我提供的只是全部真实的另一部分帮助外界客观、平衡地看待这个封闭的国家。"

美国东西方中心协会（EWCA）主席、朝鲜半岛问题专家爱德华·舒尔茨教授在听完讲座后，和我进行了长达半小时的对话。对我的两本书《朝鲜印象》和《我的平壤故事》十分感兴趣，表示希望可以在美国翻译出版，让更多的美国民众从另一个视角了解朝鲜。

一位头发花白的美国大爷在讲座后向我走来，握着我的手说："你的演讲，让我大开眼界。看来我们的政府给我们洗脑了。"

"洗脑"这个词，西方媒体挖苦讽刺朝鲜时最常用，这位大爷突然换了主语和宾语，这应该是非常强烈真挚的情感流露。

美国大爷一把年纪了，还能在接触到不同观点时灵活变通，代表了多数美国人的思想开放（open-minded），不固执己见和善于反思。

● **全景中的另一部分真实**

慈眉善目、精神矍铄完全不像近八旬的老人，帕文夫人一下子就将我的背景资料从脑海中搜索出来："大家快来认识下，这位是新华社派驻朝鲜的记者。"

这位芬兰裔的美国老人，就是中美帕文新闻奖学金的赞助方，她同帕文先生一同创立帕文基金会，赞助了多国的文化教育交流项目。

在 1994 年帕文先生去世后，帕文夫人依然坚持资助中国记者赴美国交流学习。三十五年来，已有二百七十多名中国记者成为"帕文学者"，其中很多已成为知名学者和媒体人。

在洛杉矶，第 35 届帕文学者与帕文夫人（右四）合影

在位于洛杉矶比弗利山庄的家里，帕文夫人为我们第三十五届帕文记者设晚宴，庆祝访学顺利。她说每年这时候，最高兴听到每位记者的感言。

帕文夫人满意地笑着说，最乐于看到你们为中国带来的变化，以及从你们身上看到中国发生的变化；你们的成长和成就，是我坚信和坚持的动力。"至于朝鲜，我希望也相信，在不远的未来，会发生积极的变化。"她认为有太多隔阂、互相猜疑和误读，在朝美间积压。

"我带给大家的，是全景中被刻意不提的另一部分真实"——这，是我每次讲座的结语。

图书在版编目（CIP）数据

我的平壤故事：彩图修订版/ 杜白羽著. --北京：华夏出版社，2018.5
ISBN 978-7-5080-9446-5

Ⅰ. ①我… Ⅱ. ①杜… Ⅲ. ①新闻－作品集－中国－当代
Ⅳ. ①I253

中国版本图书馆 CIP 数据核字（2018）第 048971 号

我的平壤故事（彩图修订版）

作　　者	杜白羽
责任编辑	高　苏
出版发行	华夏出版社
经　　销	新华书店
印　　刷	三河市万龙印装有限公司
装　　订	三河市万龙印装有限公司
版　　次	2018 年 5 月北京第 1 版 2018 年 5 月北京第 1 次印刷
开　　本	720×1030　1/16 开
印　　张	12.75
字　　数	150 千字
定　　价	49.80 元

华夏出版社　地址：北京市东直门外香河园北里 4 号　　邮编：100028
　　　　　　　网址：www.hxph.com.cn　　电话：(010) 64663331（转）
若发现本版图书有印装质量问题，请与我社营销中心联系调换。